麟 鹿舞

庚斗秀 漢詩集

麟山 拙吟

인산졸음

경두수 한시집

도서출판 위

들어가며

한시(漢詩)는 산수자연을 매개(媒介)로 사람과 사물이 교감하여 서로 녹아들게 하는 작업이다. 산과 내 금수(禽獸)와 초목(草木) 등이 인간의 정의(情意)와 맞닿아 새로운 의미를 도출해내는 것이다.

즉 시의 대상은 경(景)이다. 그리고 景에 담겨져 표출되는 시인의 주장이 情이다. 빼어난 시(詩)는 情 가운데 景이 있고 景 가운데 情이 있으니, 바로 묘합무은(妙合無垠)이다. 情과 景이 만나 하나가 되니, 어디까지가 景이고 어디부터가 情인지, 그 가장자리를 보이지 말아야 한다.

情을 말하는가 싶더니 어느새 景을 묘사하고, 景을 그려 보이는가 싶더니 다시금 情을 토로하는 정경교융(情景交融)의 경지를 한시에서는 으뜸으로 한다.
시인은 자신의 주장을 시에 내비치지 않고, 독자가 작품 속의 景을 통하여 그 주장을 헤아리도록 해야 한다.

지수술경(只須述景)하니 정의자출(情意自出)하고,
정경교융(情景交融)하여 물아위일(物我爲一)하는,

그저 경치를 풀어놓았을 뿐인데 감정과 의미가 절로 나고,
情과 景이 서로 녹아 사물과 시인이 하나가 되어야 한다.

절구(絶句)는 5언 4구 20자와, 7언 4구 28자로 구성하고,
각각 오언절구(五言絶句), 칠언절구(七言絶句)라 칭한다.

작시(作詩)는 보통 기승전결 법을 사용하며, 기구(起句)에
서는 시상(詩想)을 불러일으키고, 승구(承句)에서는 시상을
이어가며, 다시 전구(轉句)에서는 시상을 비약시켜
반전을 꾀하고, 결구(結句)에서는 시제(詩題)에 부합하게
결말을 짓는다.

율시(律詩)는 수련(首聯) 함련(頷聯) 경련(頸聯) 미련(尾聯)
으로 구성하고, 평측을 골라 염을 맞추어야 하며(절구도 그
러함), 함련과 경련에는 반드시 대우(對偶)를 붙여야 하는
등, 한시 특유의 까다로운 시칙(詩則)을 준수하여야 한다.

프롤로그

더위가 지난 가을 부채는 더 이상 쓸모없는 존재로, 가을에
부채를 보내면 "그대는 더 이상 내게 필요 없는 사람이요!"
라는 이별의 통보입니다.

백호 임제(林悌)가 그랬던 것처럼, 서늘한 바람이 부는 계절
사나이가 연모하는 여인에게 부채를 보냅니다.

秋扇(추선)

我相思(아상사) 나는 사랑으로
胸生火(흉생화) 가슴에 불이 납니다!
你或然(니혹연) 당신도 혹 그럴까 하여
贈扇子(증선자) 부채를 보냅니다.

이별의 통보를 받아든 여인은 황망하여 슬피 울다가, 이내
부채에 쓰여 있는 위의 글을 읽어보게 될 것이고,

또다시 님의 뜨거운 사랑 고백을 확인한 여인이 감격하여
행복한 눈물을 훔치는 모습을 상상할 수 있을 것입니다.
한시의 매력은 이처럼 극적인 반전에도 있습니다.

唐詩(당시)는 술에 비견될 만큼 낭만적 감상적이며, 교묘히
작자의 詩意(시의)를 숨기고, 독자로 하여금 그것을 찾아내
도록 하는 영묘법(影描法)을 사용합니다.

그에 반해 차에 비견되는 宋詩(송시)는 이성적 철리적이며,
작자가 뜻하는 바를 명확하게 전달하기 위하여, 말을 돌리
지 않고 사실을 그대로 진술하는 기법을 사용합니다.

물론 우열을 가리기는 어렵겠지만, 요즘 한시백일장에서 송
시풍이 대세를 이루고 있는 것은, 시관들이 짧은 고선 시간
에 詩語(시어)와 그 행간에 숨겨져 있는 詩情(시정)을 찾아
내는 작업이 어렵기 때문일 겁니다.

目次 목차

<景物詩경물시>

\<述懷詩 술회시\>

<祝詩 축시>

景物詩

(경물시)

甘谷之春
감곡의 봄

農工竝進我鄕春 / 농공병진아향춘
互協繁榮處處新 / 호협번영처처신
농공이 병진하는 내 고향은 봄이요
서로 도와 번영하니 곳곳이 새롭구나!

聖地梅山坊後立 / 성지매산방후립
大川淸渼目前陳 / 대천청미목전진
성지 매산은 동네 뒤에 우뚝 섰고
큰 개울 청미천은 눈앞에 펼쳐있네

蹴球神化女兒作 / 축구신화여아작
桃實名聲耕者伸 / 도실명성경자신
축구 전국제패 3관왕 신화 여아들이 만들고
햇사레 감곡복숭아 그 명성 농부들이 펼쳤네

衆智通天何事不 / 중지통천하사불
雄飛甘谷總和眞 / 웅비감곡총화진
중지가 통천하니 무엇이 불가하랴?
웅비하는 감곡 면민총화 참되도다!

望淸渼川
망청미천

似郭長堤上 / 사곽장제상
坐看川景光 / 좌간천경광

성곽 같은 긴 둑 위에
앉아 청미천 풍경을 보니

至今靑柳浦 / 지금청류포
宿昔白沙場 / 숙석백사장

지금 푸른 버들 냇가는
지난날 하얀 모래밭이었지

魚躍漁童滅 / 어약어동멸
水增游客亡 / 수증유객망

물고기 뛰어도 고기 잡는 아이 없고
물은 늘었어도 물놀이하는 사람 없네

人嗔誰築湺 / 인진수축보
還笑得喪量 / 환소득상량

누가 보를 막았나 탓하지만
도리어 득실을 따짐이 우습다오!

戊戌初秋 雨晴 坐 長堤上

仙洞
선동 (양양 현남 하월천)

夢裏留仙洞 / 몽리유선동
回看下月川 / 회간하월천

꿈속에 선동에서 놀았는데
돌이켜보니 하월천이었네

野花開散徑 / 야화개산경
山鳥語飛天 / 산조어비천

들꽃은 산길에 흐드러져 피고
산새는 하늘을 날며 지저귀네

樂有浮雲外 / 낙유부운외
愁無旭日邊 / 수무욱일변

즐거움은 뜬구름 밖에 있고
시름은 아침 해 뜨는 곳엔 없다네

而今逢網絡 / 이금봉망락
主客惜觴筵 / 주객석상연

이제야 인터넷상으로 만나니
서로 술잔 나누지 못해 아쉬워하네

多農浦

다농포 (생극면 생리 다농개)

兒輩來遊舊校庭 / 아배래유구교정
登峰樹影畵難成 / 등봉수영화난성

옛날 아이들 뛰놀던 아름다운 교정에
산을 향한 큰 나무 그림자 그림 같구나

紅蓮艶態池中秀 / 홍련염태지중수
靑草芳根石上縈 / 청초방근석상영

홍련의 고운 자태는 연못 속에 빼어나고
청초의 꽃다운 뿌리는 돌 위에 엉켰네

美化山村祈歲熟 / 미화산촌기세숙
重新洞會待時淸 / 중신동회대시청

아름답게 단장한 산촌은 때가 되길 기도하고
거듭 새로워진 마을회는 세상 맑길 기다리네

多農浦下入澄澗 / 다롱포하입징간
茅屋醬香千里盈 / 모옥장향천리영

다롱포 아래로 맑은 산골 물이 흘러들고
초가의 장향기는 천리에 가득하다

詠松

영송

凜烈蒼松氣像淸 / 늠렬창송기상청
古來君子學高情 / 고래군자학고정

늠렬하고 푸른 소나무 기상이 맑으니
예로부터 군자들이 높은 뜻 배웠구나

雲間銳葉參天出 / 운간예엽참천출
巖上堅根割石橫 / 암상견근할석횡

구름사이 날카로운 잎이 하늘을 찌를 듯 솟았고
바위에는 굳센 뿌리가 돌을 가르고 횡하였다

長幹可容群鶴舞 / 장간가용군학무
短枝不忍小鷦聲 / 단지불인소초성

긴 줄기에 무리 진 학의 춤도 용납하지만
잔가지에 작은 뱁새 소리도 용인치 않는다네

嶺頭獨秀凌寒雪 / 영두독수능한설
我愛描之畵室盈 / 아애묘지화실영

고갯마루에 홀로 빼어나 눈보라를 능멸하니
내 사랑하여 그린 그림이 화실에 가득하다오

辛卯處暑節 書爲姜大植博士 愛松寫眞展

高敞讚歌
고창찬가

可居高敞舊和新 / 가거고창구화신
海陸豊肥土俗仁 / 해륙풍비토속인
살기 좋은 고창 옛것과 새것이 서로 통하고
바다 육지 풍비하니 토속 또한 어질구나

畜養長魚名已振 / 축양장어명이진
有機覆子效曾伸 / 유기복자효증신
축양 장어 명성은 이미 떨쳤고
유기농 복분자 효능 일찍이 설파했네

邑城增色外燈夜 / 읍성증색외등야
雲寺倍光冬柏春 / 운사배광동백춘
읍성 조명등 밤의 정취 더하고
선운사 동백 봄 풍광을 더한다

支石史前東革近 / 지석사전동혁근
彝倫萬載與鄕隣 / 이륜만재여향린
선사시대엔 고인돌 근세엔 동학혁명
이륜이 오랜 세월 고을과 함께 했구나!

甲午季春

夫婦

부부

婚齡二姓一家成 / 혼령이성일가성
事育百年偕老盟 / 사육백년해로맹
혼령의 이성이 일가를 이루고
모시고 기르며 백년해로 맹서하네

彩袖相翻祈永福 / 채수상번기영복
赤繩共樂願長生 / 적승공락원장생
채색소매 번쩍이며 영복을 빌고
부부인연 함께 즐기며 장생을 바라네

修身經世士林像 / 수신경세사림상
擧案齊眉閨室情 / 거안제미규실정
수신경세는 사림의 상이요
거안제미가 규방의 정이라네

夫唱婦隨和順際 / 부창부수화순제
應然眷率必蒙亨 / 응연권솔필몽형
부창부수하며 화순할 때에
마땅히 가족 모두가 형통하리라

登枕流亭有感
등 침류정 유감

澄湖碧浪市東流 / 영호벽랑시동류
初夏枕亭芳草幽 / 초하침정방초유

영호강 푸른 물결 도시 동쪽으로 흐르고
초여름 침류정엔 방초가 그윽하구나

日暮江風消暑扇 / 일모강풍소서선
夜深水月釣詩鉤 / 야심수월조시구

해질 무렵 강바람은 더위 가시는 부채요
깊은 밤 물에 비친 달은 시를 낚는 갈고릴세

猶餘偉蹟今碑上 / 유여위적금비상
不返英雄古渡頭 / 불반영웅고도두

위대한 사적은 아직 이 비 위에 남아 있는데
그 시절 영웅은 옛나루에 보이질 않네

庭下點燈檐益秀 / 정하점등첨익수
悠悠往事使人愁 / 유유왕사사인수

뜰아래 등불 밝혀 처마 더욱 빼어난데
아득히 지난 일이 사람들을 시름케 하네

梅柳爭春
매류쟁춘

露凝窓隙日侵初 / 노응창극일침초
野老將耕自草廬 / 야로장경자초려
이슬 맺힌 창틈으로 비로소 햇살이 비치면
시골 노인 밭갈이 하러 오두막을 나서는데

庭下肥枝紅爛漫 / 정하비지홍난만
溪邊細縷綠扶踈 / 계변세루녹부소
뜰 아래 물오른 가지엔 붉은빛 난만하고
시냇가 가늘은 수양엔 초록빛 무성하다

弄風採葉遊吹笛 / 농풍채엽유취적
離俗留花放秉鋤 / 리속류화방병서
바람에 살랑이는 잎을 따서 피리 불며 노닐고
세상 벗어나 꽃에 머물며 호미 마져 팽개쳤네

梅柳爭春郊欲晚 / 매류쟁춘교욕만
滿眸淑景筆難舒 / 만모숙경필난서
매화 버들이 봄을 다투고 들은 저물어 가는데
눈에 가득한 맑은 경치를 붓으로 펼치기 어렵구나!

百花爛漫春
백화난만춘

暖日蒼天淑氣佳 / 난일창천숙기가
百花爛漫動詩懷 / 백화난만동시회
파란 하늘 숙기가 아름다운 봄날에
온갖 꽃이 난만하니 시심이 동하네

騷人覓句隣泉石 / 소인멱구린천석
遊客尋山遠市街 / 유객심산원시가
소인은 싯귀 찾아 산수경치를 즐기고
유객은 산을 찾아 저자거리를 떠나네

妨步春泥粘草逕 / 방보춘니점초경
飽看暮景脫麻鞋 / 포간모경탈마혜
봄 진흙이 풀 길에 질척하니 걸음을 방해해도
저물녘 경치 미투리를 벗고 물리도록 바라보네

吟風弄月煙霞癖 / 음풍농월연하벽
耕事常遲孰可諧 / 경사상지숙가해
음풍에 농월하며 자연을 즐기는 버릇에
밭갈이는 매번 늦으니 누가 있어 어울릴까

登鏡浦臺
등경포대

登臺鏡浦逈端陽 / 등대경포아단양

新綠風光感歎長 / 신록풍광감탄장

경포대에 올라서 단오절을 맞으니
신록의 풍광에 오래도록 감탄하네

檻外如屏松倍碧 / 함외여병송배벽

湖中似畵榭圍蒼 / 호중사화사위창

난간 너머 병풍 같은 소나무 더욱 푸르고
호수 가운데 그림 같은 정자 푸르름에 둘렸네

遙看大海挑燈邑 / 요간대해도등읍

復察殘更掛火檣 / 부찰잔경괘화장

멀리 대해에 등을 밝힌 고을은
새벽녘 살펴보니 불이 걸린 돛대로다

佳景滿眸無限敍 / 가경만모무한서

不勝逸興又傾觴 / 불승일흥우경상

가경이 눈에 가득 끝없이 펼쳐지니
흥에 겨워 또 술잔을 기울이네

榴夏會吟
유하회음

榴夏會吟湖上樓 / 류하회음호상루
衆賢先到各尋幽 / 중현선도각심유

유하절 함께 시를 짓는 호숫가 누대에 오르니
많은 선비 먼저 이르러 각기 심유함을 찾는데

濃陰暗暗疑招雪 / 농음암암의초설
烈日遲遲似泊舟 / 열일지지사박주

짙은 그늘 어둑어둑 눈 내릴까 의심되고
뜨거운 햇살 더디게 가니 멈춰 선 배 같구나

忘暑濁醪須易醉 / 망서탁료수이취
納凉驚句苟難酬 / 납량경구구난수

더위를 잊게 하는 막걸리는 모름지기 취하기가 쉽고
서늘함을 느낄 멋진 글귀는 진실로 내기가 어렵구나

淸遊雅趣消塵事 / 청유아취소진사
歸路銀波屈曲流 / 귀로은파굴곡류

자연을 즐기는 아담한 취미로 속세 번사 삭이고
돌아가는 길에 달빛 물결은 굽이굽이 흐르네

新凉

신량

沃野登豊處處佳 / 옥야등풍처처가
新凉拂髮動詩懷 / 신량불발동시회

기름진 들녘에 풍년이 들어 곳곳이 아름다운데
시원한 바람이 머리칼을 스치니 시심이 동하네

螢飛畔上星連水 / 형비반상성연수
客屬樽中月弄街 / 객촉준중월농가

개똥벌레가 나는 밭두둑 위에 별은 강물에 이어졌고
객이 권하는 술잔 속의 달은 거리를 희롱하네

固有心情遊畵境 / 고유심정유화경
更無燭淚落書齋 / 갱무촉루낙서재

본디 나의 심정은 화경에서 노니는데
다시 어쩔 수 없는 촉루가 서재에 떨어지네

家鄕老母祈何事 / 가향노모기하사
子慕黃花滿石階 / 자모황화만석계

고향의 노모는 무얼 그리 비시는지
자식은 가을 국화 가득한 섬돌을 그리는데

秋聲
츄셩

秋聲蕭瑟碧天高 / 추성소슬벽천고
沃野金波似海濤 / 옥야금파사해도
가을바람 소리 소슬하고 파란 하늘은 높은데
기름진 들녘에 황금물결은 바다에 이는 파도 같구나.

蟋亂山窓燈火睡 / 실난산창등화수
人忙洞口曙光豪 / 인망동구서광호
귀뚜라미 소란스런 산창엔 등불 깜빡이고
사람들 바쁜 동네 어귀 아침햇살 눈부시네

農謠遠響連明月 / 농요원향연명월
漁笛長鳴引濁醪 / 어적장명인탁료
농요는 멀리 울리며 밝은 달까지 이어지고
어적은 길게 울며 탁한 막걸리를 재촉하네

可愛凉風芳草老 / 가애양풍방초로
循環節序度寒皐 / 순환절서도한고
가히 사랑스런 시원한 바람에 꽃다운 풀 향기는 지고
돌고 도는 절기의 차례는 한적한 언덕을 지나간다.

楓菊爭艶

풍국쟁염

楓菊爭妍漸落移 / 풍국쟁연점락이
冷霜凝葉色離離 / 냉상응엽색이리

단풍 국화는 고움을 다투며 점차 떨어지는데
찬 서리에 엉긴 잎새 빛 더욱 또렷하네

紅巒倒影湖中印 / 홍만도영호중인
曠野斜風嶺上吹 / 광야사풍영상취

붉은 산 비친 그림자는 호수를 물들이고
빈 뜰에 비낀 바람은 고갯마루까지 불어대네

坐愛淸天歸雁逸 / 좌애청천귀안일
行看碧水去帆遲 / 행간벽수거범지

앉아서 청천에 돌아온 기러기를 바라보고
가면서 벽수에 느릿느릿한 돛배를 지켜보네

秋光滿目吟詩際 / 추광만목음시제
空惹鄕愁獨酌卮 / 공야향수독작치

가을 경치 가득 담아 한 수 읊조릴 적에
괜시리 향수를 불러 홀로 술잔 기울이네

鴻雁南飛九月天
홍안남비구월천

鴻雁南飛九月天 / 홍안남비구월천
無雲萬里浩無邊 / 무운만리호무변
기러기 남쪽으로 나는 구월의 하늘
만리에 구름 한 점 없이 끝없이 넓구나

紅巒影映秋江上 / 홍만영영추강상
黃菊香吹客枕前 / 황국향취객침전
붉은 산 그림자 가을 강 위에 비치고
노란 국화 향기 객의 베갯머리에 불어오네

坐愛楓林思小杜 / 좌애풍림사소두
醉吟桂魄慕詩仙 / 취음계백모시선
앉아 단풍 숲을 즐기며 두목을 생각하고
취하여 달을 읊조리며 이백을 그리네

悲風颯颯蘆花舞 / 비풍삽삽노화무
冗惹鄉愁燭下遷 / 용야향수촉하천
쓸쓸한 가을바람에 갈대꽃 일렁이는데
괜시리 부른 향수 등불 아래서 옮긴다오

聞三更叫雁
문삼경규안

三更雁叫聞東西 / 삼경안규문동서
月白高飛一陣齊 / 월백고비일진제
삼경에 기러기 울음소리 사방에서 들리고
달 밝으니 높이 나는 한 무리 단아하구나

離塞追陽尋暖渚 / 이새추양심난저
通宵與配泳寒溪 / 통소여배영한계
변방에서 볕을 따라 따뜻한 물가를 찾아
밤새워 짝을 지어 찬 냇가에서 노니네

忘時獨坐河堤酌 / 망시독좌하제작
望北虛思鐵柵題 / 망북허사철책제
때를 잊고 제방에 홀로 앉아 잔질 하다가
북쪽 바라보며 괜시리 휴전선을 생각하네

群續嗈嗈風寂寂 / 군속옹옹풍적적
忽無斜影日登低 / 홀무사영일등저
무리 이어 울어대고 바람은 고요한데
홀연 비낀 그림자 대신 살며시 해가 떠오르네

晚秋
만추

籬菊香濃已晩秋 / 리국향농이만추
野翁農罷得長休 / 야옹농파득장휴

울 밑 국화 향기 짙으니 이미 늦가을이라
시골 노인 농사 끝나고 긴 휴가 얻었으니

觀楓半日吟風樂 / 관풍반일음풍락
對酒中宵醉月遊 / 대주중소취월유

단풍 구경에 한나절 바람 읊고 즐기다가
술을 대하고 한밤엔 달에 취해 논다오

百畝常豊能眷屬 / 백무상풍능권속
四隣何乏又離州 / 사린하핍우리주

백 이랑 늘 풍족해 능히 처자식 건사커늘
사방 이웃 어찌 부족타 또 고을 떠나는가

須知落木經寒智 / 수지낙목경한지
損則猶盈滿却收 / 손즉유영만각수

모름지기 낙목의 추위 나는 지혜 아는지
덜면 오히려 차고 차면 도리어 거둔다오

安貧樂道

(讀 玉勳先生 朝鵲 有感)

早旦庭前喜鵲鳴 / 조단정전희작명
烹鷄釃酒待賓迎 / 팽계시주대빈영
이른 아침 뜰 앞에서 까치가 울어대니
닭을 삶고 술을 걸러 손을 기다려 맞는다

侶魚盡日遊江渚 / 여어진일유강저
與友通宵酌草亭 / 여우통소작초정
물고기를 짝하여 온종일 강가에서 노닐고
친구와 더불어 밤새도록 초정에서 잔질하네

渡水踰山雙足重 / 도수유산쌍족중
吟風弄月兩肩輕 / 음풍농월양견경
산 넘고 물을 건너니 두 다리는 무거워도
바람을 읊고 달을 희롱하니 두 어깨 가볍다

安貧樂道慕顔子 / 안빈낙도모안자
羽化登仙豈羨名 / 우화등선기선명
안빈낙도함이 안자와 같을진대, 날개가 돋치어
하늘에 오를 신선이 어찌 명예를 탐하리오!

暢月感懷
창월감회

巖上孤松白傘奇 / 암상고송백산기
橫梢暢月感誰知 / 횡초창월감수지

바위 위에 저 소나무 하얀 우산 기이한데
가지 끝에 걸린 동짓달 감회 뉘라서 알겠는가

千峯雪景如圖畫 / 천봉설경여도화
萬壑冬風似詠詩 / 만학동풍사영시

천봉우리의 설경은 그림을 그려놓은 듯 아름답고
일만 구렁의 겨울바람은 시를 읊는 듯 들리는데

凍沼叩氷魚乍動 / 동소고빙어사동
投竿釣歲鳥先窺 / 투간조세조선규

동소에 얼음을 두드리니 물고기 얼핏 노닐고
장대 던져 세월을 낚으니 새가 먼저 엿보는구나

寒空冷氣收殘影 / 한공냉기수잔영
銀色關山短日移 / 은색관산단일이

겨울하늘 찬 기운은 지난 모습들을 거두는데
은빛 고향의 산에는 짧은 해가 옮겨간다

丁亥歲暮卽吟
정해세모즉음

丁亥歲終心自輕 / 정해세종심자경
易安恒産不相爭 / 이안항산불상쟁
정해년 세밑에 마음이 절로 가벼운 것은
쉽고 편히 항산하니 서로 다툼이 없음이라

光風霽月尤天碧 / 광풍제월우천벽
落日孤城尙道明 / 낙일고성상도명
광풍제월에 더욱 하늘은 푸르르고
낙일고성엔 오히려 도는 밝도다

逸隱漁樵探景樂 / 일은어초탐경락
閑居飮詠送時迎 / 한거음영송시영
편히 숨어 고기 잡고 나무하며 경치 찾아 즐기고
한가로이 마시고 노래하며 때를 보내고 맞는다

循環節序爲詩料 / 순환절서위시료
擧筆歡書豈買名 / 거필환서기매명
가고 오는 절서를 시의 소재로 하여
붓을 들어 기쁘게 쓸 뿐 어찌 명예를 구하리오

丁亥歲暮 掛冠自慰

新春雅會

신춘아회

花信今朝滿斗南 / 화신금조만두남
更無詩癖樂文談 / 갱무시벽락문담
吟中興趣敦交契 / 음중흥취돈교계
雅會方張客半酣 / 아회방장객반감

오늘 아침 꽃소식이 세상에 가득하니
시벽을 어쩌지 못하고 문담을 즐기네
음중 흥취에 사귄 정은 도타워 가고
아회는 한창인데 객은 반쯤 취해 있네

丁亥華月機內卽景
정해화월기내즉경

目前紅日洞 / 목전홍일동
足下白雲田 / 족하백운전
疑是飛仙汎 / 의시비선범
不知深渡天 / 부지심도천

눈앞은 붉은 해 마을
발아랜 흰 구름 밭
마치 날으는 신선이 두둥실
깊고 깊은 하늘을 건너가는 듯

吟 秋日江頭
음 추일강두

梢工彼岸雨雲村 / 초공피안우운촌

秋日江頭日欲昏 / 추일강두일욕혼

無念孤帆空對月 / 무념고범공대월

可憐行客又傾樽 / 가련행객우경준

사공은 강 건너 비구름낀 마을에

가을날 나룻터에 해는 저무는데

무심한 돛배는 달빛만 가득 싣고

가련한 행객은 술잔만 기울이네

塞雁南飛

새안남비

天連秋水片舟遙 / 천연추수편주요
雁陣高飛落日搖 / 안진고비낙일요
萬里來棲湖畔亂 / 만리래서호반란
明春花發與雲消 / 명춘화발여운소

하늘은 추강에 이어지고 조각배 아득한데
기러기 떼 높이 날며 저무는 해를 흔드네
머나먼 길 날아와서 호반에 어지럽게 머물다
내년 봄 꽃이 피면 구름과 함께 사라지겠지

又

萬里長天雁陣遙 / 만리장천안진요
立冬曠野北風搖 / 입동광야북풍요
沙灘亂影驚魚散 / 사탄난영경어산
蘆畔留禽自遠消 / 노반유금자원소

만리 장천에 기러기 떼 아득한데
입동의 빈 뜰엔 북풍이 불어오네
강여울 어지러운 그림자 물고기 놀라 흩어지고
갈대밭에 머물던 텃새는 스스로 멀리 사라졌네

又

江邊塞雁樂逍遙 / 강변새안낙소요
雨裡長堤老草搖 / 우리장제노초요
盡日孤帆錨泊耳 / 진일고범묘박이
可憐水客豈愁消 / 가련수객기수소

강가 기러기 즐거이 노니는데
비 내리는 긴 둑에 시든 풀 흩날리네
진종일 돛배는 닻이 내려져 머무를 뿐
가련한 뱃사람의 시름을 어찌 알려나

落木寒天
낙목한천

落木寒天月隱坡 / 낙목한천월은파

孤帆欲去北風多 / 고범욕거북풍다

浮生不息尋何處 / 부생불식심하처

空作江頭動別歌 / 공작강두동별가

낙목한천의 달은 고갯마루에 숨고
외로운 배 떠나려는데 북풍이 이누나
뜬 인생 쉬지 않고 어디로 가려는가
괜시리 나루터에 이별가를 울려놓고

小春卽景
소춘득경

漢水滔滔白日豪 / 한수도도백일호
小春船上醉吟高 / 소춘선상취음고
空山落木孤松秀 / 공산낙목고송수
有鶴悲鳴向九皐 / 유학비명향구고

한수는 도도하고 햇빛은 눈부신데
소춘 선상 취하여 읊는 소리 높구나
빈산에 잎은 떨어져 소나무만 빼어난데
어느 학이 슬피 울며 깊은 못을 향하는가!

詠雪
영설

朝野山猪幾數斜 / 조야산저기수사

不知雪裡有人家 / 부지설리유인가

布衣豈怨書窓外 / 포의기원서창외

覓句閒吟且日加 / 멱구한음차일가

아침 들판에 산돼지 몇 마리가 비꼈는고
눈 속에 사람의 집이 있는 줄도 모르고
선비가 어찌 서창 밖을 원망하리오
싯귀 찾아 읊조리며 또 하루를 더하는데

又

松疑白傘石山斜 / 송의백산석산사
雪似生花發草家 / 설사생화발초가
朝野凍風前道邈 / 조야동풍전도막
村夫獨酌怨天加 / 촌부독작원천가

소나무는 흰 우산을 쓰고 돌산에 비꼈고
눈꽃은 생화처럼 초가지붕에 피어났네
아침들판에 바람도 얼어 갈 길이 막막한데
촌부는 한잔 술로 하늘만 더욱 원망하네

冬日閑居
동일한거

客船歸路已斜陽 / 객선귀로이사양
雪意長堤獨夜長 / 설의장제독야장
冬日閑居君不着 / 동일한거군불착
紅樓隻影泣非望 / 홍루척영읍비망

여객선 돌아오는 길 벌써 해는 기울고
눈 내릴 듯 장제에 홀로 밤이 길답니다
겨울날 한가한데 님은 오질 않으시니
홍루 외로운 그림자 비망에 운답니다.

雪夜不寐
설야불매

雪夜長堤外客留 / 설야장제외객류
孤身不寐故鄕愁 / 고신불매고향수
街頭五色酒燈燦 / 가두오색주등찬
無伴內情何問求 / 무반내정하문구

눈 내리는 밤 장제에 외객이 머무는데
외로운 몸 고향 시름에 잠 못 이루네
거리엔 오색의 주점 등불 반짝이건만
짝없는 속사정 어찌 물어 구하리오

四海待春
사해대춘

江畔塞鴻君莫尋 / 강반새홍군막심
時來燕子到鯷岑 / 시래연자도제잠
九春雨裏花開老 / 구춘우리화개로
依舊喬松此客欽 / 의구교송차객흠

강가 북방 기러기를 더는 찾지 말게나
때가 되면 남쪽 제비 이 땅에 이를 것을
짧은 봄 빗속에 꽃은 피었다 지고 말지
의구한 큰 솔만이 이 사람은 부럽다네

吟忠州湖邊傳統茶室
음 충두호변 전통다실

兩花連理互相依 / 양화연리호상의

遠置悲緣苦笑歸 / 원치비연고소귀

投捨綠波塵世恨 / 투사녹파진세한

如仙羽化夢俱飛 / 여선우화몽구비

두 송이 꽃이 가지를 맞대고 서로 의지하며

슬픈 인연 멀리 두고 쓴 웃음 지으며 돌아왔네

푸른 물결 위에 티끌세상 한을 던져 버리고

신선처럼 날개 돋쳐 함께 날기를 꿈 꾼다네

見中年之姉妹運營有雅趣茶室於忠州湖邊山上有感

甘谷桃實
감곡복숭아

桃花春到滿山紅 / 도화춘도만산홍
仙果夏來香日風 / 선과하래향일풍
借問誰曾觀且食 / 차문수증관차식
可知甘谷出天工 / 가지감곡출천공

복사꽃 봄이 되면 산에 가득히 붉고
신선과일은 여름날 햇살 바람에 향기롭지
누가 일찍이 보고 또 먹어 보았다면
감곡복숭아는 천상의 품질임을 알겠지

過元富池

과 원부지

停車湖上立 / 정거호상립
拂髮朔風寒 / 불발삭풍한
一陣鳧雲集 / 일진부운집
氷增水若嘆 / 빙증수약탄

수레를 멈추고 호수 위에 서니
머리칼에 스치는 삭풍이 차갑구나
한 무리의 오리 떼 구름 같이 모여서
점차 얼어가는 호수를 탄식하는 듯

詩酒頌

시주송

酒想佳詩尙不凡 / 주상가시상불범

醉中吟際遇香衫 / 취중음제우향삼

傾樽覓句惹春興 / 경준멱구야춘흥

樂甚難知肴淡鹹 / 낙심난지효담함

술로 떠올린 아름다운 시는 오히려 범상치 않고

취한 가운데 읊조릴 때 향기로운 사람을 만난다네

술잔을 기울이고 싯귀를 찾아 춘흥을 돋우는데

즐거움이 도도하여 안주의 담함도 모르더라

樂鄉甘谷
살기 좋은 감곡

圓通南畝抱 / 원통남무포
梧甲北風屛 / 오갑북풍병
四野年豐裏 / 사야연풍리
雲仍萬代亨 / 운잉만대형

원통산은 남쪽 밭이랑을 품고
오갑산은 북풍을 막아준다
사방 들판엔 해마다 풍년 들고
자자손손 만대토록 형통하리라!

武陵桃源甘谷
무릉도원 감곡

春日桃花洞內繁 / 춘일도화동내번
夏時仙果國中元 / 하시선과국중원
武陵源也可居處 / 무릉원야가거처
地上樂園甘谷村 / 지상낙원감곡촌

봄이면 복사꽃이 온 동리에 만발하고
여름엔 복숭아가 우리나라 으뜸이라
무릉도원이로다! 참으로 살기 좋은 곳
지상낙원이 감곡이라는 마을이로다

辛卯年 立夏

水無本相
수무본상

水無本相器爲形 / 수무본상기위형
滿則濼流抵則停 / 만즉번류저즉정
誰與作爭期世熟 / 수여작쟁기세숙
懷生效此好於經 / 회생효차호어경

물은 본시 상이 없으니 담는 그릇이 형상이라
차면 넘쳐흐르고 막으면 멈춘다네
때가 이르기를 기다리는데 누구와 더불어 다투리오
사람들은 이를 본받음이 경 읽는 것보다 더 나으리

心如畵家

심여화가

欲寫山山出 / 욕사산산출
吾心似畵家 / 오심사화가
或邪曾染紙 / 혹사증염지
輕易更除加 / 경이갱제가

산을 그리고자 하면 산이 그려지니
우리 마음은 화가 같구나
혹여 사악함으로 종이를 더럽혔어도
쉽게 다시 지우고 그릴 수가 있다네

山寺觀楓
산사관풍

山寺丹楓染澤妍 / 산사단풍염택연

飄然葉落法堂前 / 표연엽락법당전

老僧不掃惟看佛 / 노승불소유간불

滿地凝霜甚可憐 / 만지응상심가련

산사의 단풍은 연못에 곱게 물들고
나부끼는 나뭇잎 법당 앞에 떨어지네
노승은 쓸지 않고 부처님만 지켜보고
땅에 가득 서리에 엉겨 가련도 하네.

述懷
(술회)

農心
농심

郊朋訪我醒甘眠 / 교붕방아성감면
荒歲愁嘆醉裡傳 / 황세수탄취리전

성 밖의 벗이 찾아와 단잠을 깨우고
황세에 탄식하며 취하여 말을 전하네

有孔天文晴雨續 / 유공천문청우속
無心地德喜悲連 / 무심지덕희비연

구멍 난 하늘은 비가 오다 개었다 하고
무심한 땅은 슬픔과 기쁨이 이어지네

寒家置酒通宵酌 / 한가치주통소작
濁世焦思竭墨硏 / 탁세초사갈묵연

寒家에 술자리를 벌여 밤새워 잔을 나누고
탁세에 애태우며 먹이 다 닳토록 갈아대네

東廠隔遙何所用 / 동창격요하소용
于今飽暖不關焉 / 우금포난불관언

동창은 멀리 격해 있으니 무슨 소용 있겠는가
지금껏 배부르고 따듯한데...

歲暮
세모

村翁鼓腹夢天謠 / 촌옹고복몽천요
頹落彛倫善政遙 / 퇴락이륜선정요
촌 노인 배를 두드리며 하늘 노래를 꿈꾸는데
땅에 떨어진 사람의 도리에 선정은 아득하다

月下木爐騷客醉 / 월하목로소객취
江邊金閣舞姬憔 / 강변금각무희초
달아래 목로주점에는 시인이 취해있고
강변 금각에 춤추는 여인은 수척하다

蒙民失意愁尤甚 / 몽민실의수우심
識者欺心恨豈銷 / 식자기심한기소
무지한 백성은 뜻을 잃고 시름 더욱 깊은데
식자는 양심을 속이니 한을 어찌 녹일손가

除夜鐘聲鳴響裡 / 제야종성명향리
送迎遺憾夜連朝 / 송영유감야연조
제야의 종소리 울려 메아리지는 가운데
송구영신 유감의 밤은 아침까지 이어지네

言志
언지 뜻을 말하다

靑雲猶在嶽 / 청운유재악
幽客看山空 / 유객간산공
청운은 아직 높은 산에 걸렸는데
은자는 산의 공허함만 살피네

落地三神定 / 낙지삼신정
歸天萬物同 / 귀천만물동
세상에 태어남은 삼신이 정했지만
하늘로 돌아감은 만물이 같도다

花零風雨轉 / 화령풍우전
穀出世人豊 / 곡출세인풍
봄꽃이 비바람에 떨어져 굴러야
가을곡식에 세상도 사람도 풍요롭지

滴水成河海 / 적수성하해
明知不改倥 / 명지불개공
빗물 방울이 강과 바다를 이루는 것을
밝히 알면서도 어리석음 고치지 못하네

憂國恤民
우국휼민

憂國何爲特定人 /우국하위특정인
恤民先導莫疎親 / 휼민선도막소친
나라를 걱정함이 어찌 특정인의 몫이랴
백성구휼 선도함에 친소를 불문하라

施恩種德非慳貨 / 시은종덕비간화
彰義輸忠不顧身 / 창의수충불고신
은혜를 베풀고 덕을 심음에 재물을 아끼지 말고
의를 밝히고 충성을 다함에 몸을 돌보지 말라

八難豫防治世善 / 팔난예방치세선
四窮救濟賦天眞 / 사궁구제부천진
팔난을 미리 막아 세상을 선으로 다스리고
사궁을 구제하여 천진함을 품부케 하라

同胞結束如斯勉 / 동포결속여사면
槿域山河大運伸 / 근역산하대운신
동포가 하나가 되어 이처럼 힘쓰면
대한민국 산하에 대운이 펼쳐지리라

博施濟衆成於福祉
박시제중성어복지

淸州白戰設秋陽 / 청주백전설추양
祈願吾韓福祉昌 / 기원오한복지창

청주 백일장을 가을에 열어서
우리나라의 복지가 창성하길 기원하네

尙齒倫堂含瑞氣 / 상치윤당함서기
訓蒙仁館帶祥光 / 훈몽인관대상광

어른을 공경하는 명륜당엔 서기가 어리고
어린이를 훈도하는 숭인관엔 상광을 띠었네

爲民思想高如岳 / 위민사상고여악
奉仕精神浩似洋 / 봉사정신호사양

위민사상은 큰 산처럼 높고
봉사정신은 바다같이 넓도다

各處斯文摸此地 / 각처사문모차지
博施濟衆邁時康 / 박시제중매시강

각처의 사문이 이 고장을 본받아서
박시제중하여 태평 세상으로 나아가라

讀樂志論有感
독 낙지론 유감

樂志論明達士蹤 / 낙지론명달사종
不知其意老依筇 / 부지기의로의공

낙지론에 옛 선비의 자취를 밝혀 놓았는데
그 뜻도 모른 채 늙어 지팡이를 의지하네

浮生宦路空時過 / 부생환로공시과
亂世功名苟勢從 / 난세공명구세종

뜬 인생 벼슬길에 헛되이 세월을 보내고
난세의 공명에 구차하게 권세를 쫓았네

每歲良田嘉穀熟 / 매세양전가곡숙
今宵廣宅好朋逢 / 금소광택호붕봉

해마다 양전에는 좋은 곡식이 익어 가고
이 밤도 너른 집에서 좋은 벗들과 만나는데

布衣豈羨趨天陛 / 포의기선추천폐
如是淸遊孰似儂 / 여시청유숙사농

포의가 어찌 천폐에 추창함을 부러워하리오
청유함이 이와 같은데 누가 나와 같을손가

癡呆有感
치매유감

乞憐衰老又癡呆 / 걸련쇠로우치매
何故而今未自裁 / 하고이금미자재
동정을 구걸하는 늙은이 치매까지 걸리고
무슨 까닭으로 이제까지 죽지도 못하는가

看病家兒高喊悍 / 간병가아고함한
善忘患者永嘆哀 / 선망환자영탄애
병을 돌보는 자식의 고함은 사납고
잊기 잘하는 환자의 긴 탄식 애닯구나

子孫糞尿非嫌惡 / 자손분뇨비혐오
父祖心身忌奉陪 / 부조심신기봉배
자식 손자 똥오줌은 꺼리지 않으면서
부모 할아비 심신은 모시기를 꺼리네

大舜彝倫雖不學 / 대순이륜수불학
可知反哺是人哉 / 가지반포시인재
순임금 이륜은 비록 배우지 못했어도
가히 반포를 알만한 사람임에랴

五十生朝有感
오십생조유감

生朝鶴首訪無賓 / 생조학수방무빈
撤案書中謁聖人 / 철안서중알성인

생일 아침 찾아주는 손이 없어
상을 물리고 책 속의 옛 성인을 뵙네

白髮漸增榮已遠 / 백발점증영이원
靑雲猶著夢尤新 / 청운유저몽우신

몸이 늙으면 영화도 일장춘몽이련만
청운에 목매어 허상을 탐 한다오

須拋物慾知天命 / 수포물욕지천명
也棄私心脫俗塵 / 야기사심탈속진

모름지기 지천명이면 물욕을 내려놓고
또한 사심을 버리고 속진에서 벗어나라

月色風聲恒滿世 / 월색풍성항만세
安閒自適但扶倫 / 안한자적단부륜

자연은 조물주의 다함없는 갈무리니
산수를 벗 삼아 유유자적 하리라!

歲暮有感
세모유감

道滅伏魔橫 / 도멸복마횡
唯爭歲送迎 / 유쟁세송영

도는 사라지고 복마가 횡행하니
오직 다툼 속에 해를 보내고 맞네

塵間偸富貴 / 진간투부귀
分外買功名 / 분외매공명

티끌세상의 부귀를 훔쳐
분수 밖의 공명을 샀으니

以口言民意 / 이구언민의
其心隔世情 / 기심격세정

입으로는 민의를 말하지만
그 마음 세상 뜻과 격했는데

安能扶國步 / 안능부국보
超黨導廉平 / 초당도렴평

어찌 나라의 운명을 붙들고
당을 떠나 청렴과 공평으로 이끌손가

歎世越號大慘事
탄세월호대참사

世號胡爲沒 / 세호호위몰
南溟不作波 / 남명부작파

세월호가 어찌 침몰하였는가
남명엔 파도도 일지 않았거늘

檀園殘摘蕾 / 단원잔적뢰
孟骨猛揚渦 / 맹골맹양와

단원고 꽃망울 잔인하게 떨구고
맹골도 소용돌이 사납게 인다

背任終招禍 / 배임종초화
貪心遂迓魔 / 탐심수아마

배임은 결국 재앙을 자초했고
탐욕이 드디어 악마를 맞았네

慰靈雖罰罪 / 위령수벌죄
遺族恨如何 / 유족한여하

영혼을 달래고 죄를 벌한다 해도
남은 가족의 한은 어찌 할거나

甲午季春穀雨節 哭書

歎世越號政局
탄세월호정국

安全不感客船沈 / 안전불감객선침
收拾無能反目深 / 수습무능반목심

안전 불감증에 세월호 침몰하고
무능력한 수습이 반목을 키웠다

世亂搖朝捫蝨話 / 세란요조문슬화
時危隱野飯牛吟 / 시위은야반우음

난세에는 조정 흔들기 기탄없고
위기엔 숨어서 반우가를 읊조리네

表如盛漢裏衰蜀 / 표여성한리쇠촉
責則輕毛權重金 / 책즉경모권중금

겉은 성대의 한나라요 속은 쇠락한 촉나라며
책임은 깃털 같고 권리는 금덩이만큼 무겁다네

非理塞源皆拔本 / 비리색원개발본
宣揚正道競分陰 / 선양정도경분음

비리의 근원 찾아 모조리 뿌리 뽑고
정도를 선양함에 시간을 다툽시다!

甲午 立夏節 陰曆 四月旣望 觀望世越號政局 有感而書之

自述
스스로 밝힘

寂寥無寐一燈殘 / 적요무매일등잔
櫪馬空嘶又撫冠 / 역마공시우무관

쓸쓸하고 잠도 없어 등불만 잦아드는데
외양간 말 괜시리 울어 또 갓을 매만지네

已散靑雲猶蟻夢 / 이산청운유의몽
方長白髮尙童觀 / 방장백발상동관

이미 청운을 흩뜨리고도 아직 남가몽이요
바야흐로 백발이 느는데도 오히려 동관이로다

修身未免持身苦 / 수신미면지신고
任事聊知處事難 / 임사료지처사난

수신하고도 처신의 괴로움 면치 못하고
일에 임해야 겨우 처사가 어렵단 걸 안다네

名利欲追常隔我 / 명리욕추상격아
惟求塵外醉吟歡 / 유구진외취음환

명리를 쫓고자 해도 늘 나를 멀리하니
세상 밖에서 술과 시로 기쁨을 구할 뿐이네

聞檮杌亡國的發言
문 도올 망국적발언

自稱檮杌石頭人 / 지칭도올석두인
惑世貪名毒舌辛 / 혹세탐명독설신

자칭 흉칙한 짐승이라는 석두가
혹세무민 명예를 탐하는구나!

貌似妖僧凌蔑主 / 모사요승능멸주
行如亂賊敎唆民 / 행여난적교사민

요승 같은 모습을 하고 임금을 능멸하며
난적처럼 백성을 선동 교사하네

言論統制何開口 / 언론통제하개구
思想裁量孰逼身 / 사상재량숙핍신

언론을 통제한다면 어찌 그리 함부로 지껄일 수 있는가
사상의 자유로 아무도 그대를 핍박하지 못하는 것이오

廣大宜希其喝采 / 광대의희기갈채
愧君知識失天眞 / 괴군지식실천진

광대라면 마땅히 그런 박수갈채를 바라겠지만 교수로써
순수함을 잃은 그대 지식이 부끄러운 줄 아시오!

産兒優先政策
산아우선정책

産兒政策在靑年 / 산아정책재청년
恒業恒心聘禮連 / 항업항심빙례연
아이 낳게 할 계책 청년에 달렸으니
항업항심이면 혼례가 이어지리라

經濟回生方道備 / 경제회생방도비
雇傭促進法規全 / 고용촉진법규전
경제회생의 방도를 마련하고
고용촉진의 법규 온전히 하라

住居安定集人智 / 주거안정집인지
保育革新添母賢 / 보육혁신첨모현
주거안정에 사람들 지혜를 모으고
보육혁신에 엄마들 현명함 더하라

部處優先如此勉 / 부처우선여차면
繁榮槿域胤長傳 / 번영근역윤장전
부처가 제일 먼저 이처럼 힘쓴다면
번영된 근역 자손이 길이 전하리라!

歎時局
시국을 탄식하며

六五飛天落 / 육오비천락
易風疑燭生 / 역풍의촉생
여제를 자리에서 몰아내고
바뀐 세상 촛불정신 혼미하다

鳥啼難見淚 / 조제난견루
花笑不聞聲 / 화소불문성
새가 울어도 눈물 보이지 않고
꽃이 웃어도 소리 들리지 않네

狐狸能藏齒 / 호리능장치
麒麟遂閉睛 / 기린수폐정
소인배들이 능히 이빨을 감추고
어진이들은 끝내 눈을 감는구나

沒頭塵芥桶 / 몰두진개통
何願世公平 / 하원세공평
쓰레기통 뒤져서 비리를 찾는데
어찌 세상이 공평하길 바라리오

戊戌 正月

吟送年時局

음 송년시국

亂麻時局黨爭長 / 난마시국당쟁장
敵導彈飛踰浩洋 / 적도탄비유호양

어지럽게 얽힌 시국에 당쟁은 지겨운데
적의 미사일이 날아서 태평양을 건너네

富國大農開放促 / 부국대농개방촉
貧村小戶保存忙 / 빈촌소호보존망

부국의 대농은 개방하라 재촉하고
빈촌의 소호는 지켜내랴 겨를 없네

南韓失政陽光策 / 남한실정양광책
北傀陰謀核武裝 / 북괴음모핵무장

남한의 실정은 햇빛 정책이요
북괴의 음모는 핵무장이라

懲此奸徒遵族意 / 징차간도준족의
鴻溝統一萬人望 / 홍구통일만인망

겨레의 뜻을 좇아 사악한 무리를 징벌하고
남북을 통일함이 만백성 바램이라오

丙戌臘月
병술납월

丙戌將踰歲月江 / 병술장유세월강
掩門騷客坐書窓 / 엄문소객좌서창

병술년은 세월의 강을 넘으려는데
소객은 문을 닫고 서창에 앉았네

宸襟失德無依鳳 / 신금실덕무의봉
田子離鄕不吠尨 / 전자이향불폐방

신금이 덕을 잃으니 봉황이 떠나고
농부는 고향 떠나 개도 짖지 않는구나

亂世勞心詩滿軸 / 난세노심시만축
順民焦思酒傾缸 / 순민초사주경항

난세를 걱정하는 시가 굴대를 채우고
순민은 마음 졸이며 술항아리 비웠다

北南冗戰誰懲止 / 북남용전수징지
自古吾韓一族邦 / 자고오한일족방

남북의 용전은 누가 꾸짖어 끝내려나
예부터 우리나라는 단일민족이거늘

自歎

자탄

依舷獨酌醉深愁 / 의현독작취심수
斜日映河悲白頭 / 사일영하비백두

뱃전에 기대어 홀로 깊은 시름에 취하고
지는 해 강물에 비친 흰 머리가 슬프구나

客路無終連萬里 / 객로무종연만리
朔風不息舞孤舟 / 삭풍불식무고주

나그네 길은 끝없이 만리에 이어지고
겨울바람은 쉼 없이 외로운 배를 흔드네

浩歌積恨消如雪 / 호가적한소여설
更飮空樽轉若球 / 갱음공준전약구

크게 노래 부르며 쌓인 한을 눈처럼 녹이고
거듭 마시어 빈 술동이 이리저리 구르는데

重棹難堪投碧浪 / 중도난감투벽랑
浮雲與水共漂流 / 부운여수공표류

취하여 무거운 노를 벽랑에 던져 버리고
뜬구름 강물과 더불어 정처 없이 흘러가네

寒窓偶吟
한창우음

寒窓獨坐旅愁增 / 한창독좌여수증
曳杖望鄕幾上層 / 예장망향기상층
한창에 홀로 앉아 있자니 나그네 시름 더하여
망향에 지팡이 끌고 몇 번을 누대에 올랐던가

雪盖岑崟將落日 / 설개잠음장낙일
風吹市巷漸消燈 / 풍취시항점소등
눈 덮힌 산봉우리엔 어느새 해가 넘어가고
바람 부는 저자거리엔 하나둘 등불 꺼지는데

叫聲有客欺猶在 / 규성유객기유재
遊說空言聽不能 / 유세공언청불능
누가 속일 것이 남아 소리를 지르는고
헛공약 유세 귀에 들리지도 않는데

人去夜深尤寂寞 / 인거야심우적막
歸家若我酒爲朋 / 귀가약아주위붕
사람 떠난 깊은 밤에 적막을 깨지 말고
나처럼 집에 가서 술이나 마시게나

請君
그대에게 바라노니

人生七十古來稀 / 인생칠십고래희
何物奧藏尤掩扉 / 하물오장우엄비
인생 칠십을 살기가 예로부터 어렵다던데
무얼 그리 깊이 감추고 문까지 잠그는가

昨夜紅顔晨是醜 / 작야홍안신시추
今朝鬒髮暮非頎 / 금조진발모비기
어젯밤 곱던 얼굴이 새벽녘 추해 보이듯이
오늘 아침 검던 머리가 저물녘도 검겠는가

況時已過心望息 / 황시이과심망식
亦歲將流體欲歸 / 역세장류체욕귀
하물며 때는 이미 지나 몸도 말을 듣지 않고
또한 세월도 흘러 살 날도 멀지 않았거늘

空手來而空手去 / 공수래이공수거
請君爲我用其威 / 청군위아용기위
빈손으로 왔다가 빈손으로 가는 세상
그대여 우릴 위하여 그 힘을 쓰게나

遺憾恩平乙
유감은평을

大選殘兵又擧頭 / 대선잔병우거두
何爲烈士露身謀 / 하위열사노신모

대선 패잔병이 다시 머리를 들고
어찌 열사가 되어 일신을 꾀하는지

奸徒逐鹿誣時局 / 간도축록무시국
朋黨分偏倍國憂 / 붕당분편배국우

간도들은 권세 쫓아 시국을 왜곡하고
붕당은 편을 갈라 나라 근심 더하는데

可笑欺民文艦隊 / 가소기민문함대
勿哀濟世李扁舟 / 물애제세이편주

우습구나! 백성을 속이는 문 함대여
슬퍼마오! 세상을 구해낸 이 편주여

出師落馬傷心大 / 출사낙마상심대
遙遠前途劒豈收 / 요원전도검기수

출사 낙마의 상심은 크겠지만,
요원한 전도에 어찌 칼을 거두려오

嘆崇禮門燒失
탄숭례문소실

崇門燒失痛嘆宵 / 숭문소실통탄소
我族矜持亦與消 / 아족긍지역여소

숭례문 소실되고 아프게 탄식하던 밤에
우리 겨레의 긍지 또한 더불어 사라졌다.

災難豫防邦策拙 / 재난예방방책졸
文財管理法規漂 / 문재관리법규표

재난 예방의 국가시책은 졸속했고
문화재 관리의 법 규정은 떠돌았네

甍頭望瓦無痕散 / 맹두망와무흔산
樓上飛軒似夢遙 / 누상비헌사몽요

용마루 꼭대기의 암막새는 흔적 없이 흩어졌고
누각 위 높이 치솟은 처마는 꿈같이 멀어졌네

吐血心情唯願事 / 토혈심정유원사
原形復舊摠勤劭 / 원형복구총근소

피를 토하는 심정으로 오직 바라는 일은
원형복구에 모두가 근면하는 것이라오.

愛親敬長
애친경장

愛親敬長禮崇辰 / 애친경장예숭신
如古東邦復活仁 / 여고동방부활인
애친경장의 예도가 존중될 때
옛날처럼 동방에 인이 부활하리라

金釜石鍾爲世敎 / 금부석종위세교
氷魚雪筍盡人倫 / 빙어설순진인륜
금부석종은 세상의 가르침이 됐고
빙어설순은 사람의 도리 다함이라

寡鰥救恤恩施遍 / 과환구휼은시편
老弱扶携澤被均 / 노약부휴택피균
과환은 구휼하여 온정 두루 베풀고
노약 부유하니 혜택 고루 입는구나

承順無違誠是孝 / 승순무위성시효
願言斯道此中伸 / 원언사도차중신
어른 뜻 어김없음이 실로 효일지니
사도가 이 가운데 펼쳐지길 원하네

農心
농심

日暖紅花落 / 일난홍화락

宵涼熟穀生 / 소량숙곡생

野夫奚眼濕 / 야부해안습

如是盡歡情 / 여시진환정

밤엔 시원하니 곡식은 익어 가는데
날이 따듯하니 붉은 꽃 떨어지고
농부는 어찌하여 두 눈이 촉촉한고
이처럼 즐거운 세상에서

求道
구도

水抱咸流下 / 수포함류하
飛龍向上空 / 비룡향상공
何如居亢處 / 하여거항처
誰有拒寒風 / 수유거한풍

물은 모든 걸 안고 아래로 흐르는데
비룡은 부질없이 높은 곳을 향하네
하여 상구에 이른다면
누가 있어 찬바람을 막아주랴

幹細胞

줄기세포

名高博識黃敎授 / 명고박식황교수
何處溫存幹細胞 / 하처온존간세포
今日父情悲子淚 / 금일부정비자루
明朝兒意棄心巢 / 명조아의기심소

아는 것 많아 이름 높은 황 교수여
어느 곳에 줄기세포 온전히 보존하시었소
오늘 아버지의 정은 자식의 눈물을 슬퍼하지만
내일 아침 아이마저 마음의 둥지를 버릴 거요

想友
벗을 그리며

絶絃賢者事 / 절현현자사
僅覺遠知音 / 근각원지음
頓首祈天主 / 돈수기천주
餘生更聽琴 / 여생갱청금

절현의 고사에 담긴 뜻을
지음이 멀어진 뒤 겨우 알았소
조아려 천주께 비옵나니
거문고 소리 다시 듣도록 도와주소서!

書爲 林憲鍾

仲冬遭友閒談
중동조우한담

燈下濃煙兩醉人 / 등하농연양취인
木爐酬酌互同塵 / 목로수작호동진
交談不絶通宵續 / 교담부절통소속
酒母聞嘹坐睡伸 / 주모한교좌수신

등불 아래 자욱한 담배 연기 취한 두 사람
목로에 잔을 나누며 함께 세파에 휩쓸리네
주고받는 이야기 끊임없이 밤새워 이어지고
주모는 졸다가 새벽닭 소리에 기지개 켜네

糾彈京畿大學校
書藝科廢止
규탄경기대학교서예과폐지

東勢雄飛豈不瞻 / 동세웅비기불첨

排除吾道士奚潛 / 배제오도사해잠

京畿大學廢書藝 / 경기대학폐서예

萬古難容爲誤添 / 만고난용위오첨

동양의 세력이 웅비함을 정녕 보지 못하고
우리의 도를 배제함에 선비는 어찌 잠잠한고
경기대학이 서예반을 폐지하는 것은
만고에 용납할 수 없는 잘못을 더하게 됨이라.

丁亥卯月苦吟

己亥正初酒席口占
정초 술자리에서 즉시 읊다

草屋猶燒不敢炊 / 초옥유소불감취
莫言北核未來資 / 막언북핵미래자
人權漸大高於岳 / 인권점대고어악
塗炭民生責孰宜 / 도단민생책숙의

초가집 불이 날까 군불도 못 때면서
북핵이 미래자산이라 말하지 마소
인권은 점점 늘어 산보다 높은데
도탄의 민생은 누굴 탓해야 옳겠소

祝詩

(축시)

祝 隱石先生大耋筵
축 은석선생대질연

隱石先生傘壽成 / 은석선생산수성
仁心得道玉顏明 / 인심득도옥안명

은석 선생님께서 인생 팔십이 되시니
어진 마음 도를 얻으사 옥안 밝으시구나

門前綠竹知賢性 / 문전녹죽지현성
廟上蒼松見士情 / 묘상창송견사정

문 앞의 대나무는 현자의 성품을 알고
사당위에 푸른 솔은 선비의 뜻을 보았으리

氣力康寧應筆秀 / 기력강령응필수
精神高潔亦詩淸 / 정신고결역시청

기력은 강령하시니 응당 필세 빼어나고
정신이 정결하시니 시흥 또한 맑구나

京鄕弟子遵師訓 / 경향제자준사훈
伏祝延年享太平 / 복축연년향태평

경향의 제자 스승님 가르침을 좇으니
엎드려 비옵건대 세를 더하시어 태평 누리소서

丙戌暮春 書爲 隱石 申鉉豊先生

祝陰城記錄歷史館開館
축음성기록역사관개관

萬丈波瀾一脈生 / 만장파란일맥생
陰城史館瑞光明 / 음성사관서광명

파란만장한 한줄기 인생이
음성사관에 서광을 밝히는구나

開來聖訓書中活 / 개래성훈서중활
繼往賢聲架上盈 / 계왕현성가상영

열어오신 성인의 가르침 책 속에 살아있고
이어가신 현자의 목소리 시렁 위에 가득하다

俊傑雄圖思世道 / 준걸웅도사세정
凡夫短智忘先情 / 범부단지망선정

준걸의 웅도는 세상의 도를 생각하고
범부의 단지는 조상의 뜻을 잊었는데

雖然起首如微燭 / 수연기수여미촉
天意能伸必大成 / 천의능신필대성

비록 그 시작은 희미한 촛불 같을지라도
하늘의 뜻을 능히 펼쳐 반드시 크게 이루리라

又

陰城史館所望成 / 음성사관소망성
故寶收藏廣室盈 / 고보수장광실영

음성 기록역사관을 바램대로 이루니
옛 보물 거둬들여 광실을 채웠구나

遺物如看當代相 / 유물여간당대상
經書似聞昔人聲 / 경서사문석인성

유물은 그 시대의 정황을 보는 것 같고
경서는 마치 옛사람 소리를 듣는 것 같다

愛鄕課業施行志 / 애향과업시행지
崇祖精神不忘情 / 숭조정신불망정

애향과업을 펼쳐 나가는 뜻은
숭조정신을 잊지 않기 위함이라

心祝今時惟願事 / 심축금시유원사
萬方千客繼芳名 / 만방천객계방명

심축하는 이때 오직 바라는 일은
만방의 천객이 이어지는 것이라네

乙酉立冬之節 書爲 痴軒 金秀明

自矜梧根里慶氏
자긍 오근이 경씨

秀之行列續揚名 / 수지항렬속양명
慶氏家門景福盈 / 경씨가문경복영

수字 항렬이 계속 이름을 드날리니
경씨 가문에 크나큰 행복이 충만합니다.

向學衷情今不變 / 향학충정금불변
愛鄉端志永無傾 / 애향단지영무경

배움을 향하여 품은 뜻은 지금도 변할 줄 모르시고
고향을 사랑하는 바른 뜻은 영원히 기울어짐이 없다.

世傳正道思新計 / 세전정도사신계
人頌彝倫守舊盟 / 인송이륜수구맹

세상에 전해오는 정도로써 새로운 계획을 세우시고
사람들 칭송하는 윤리로써 옛 맹서 지키셨구나

鐵樹花開秋月下 / 철수화개추월하
堂兄勇進大長征 / 당형용진대장정

육십이 넘으신 황혼의 연세에도
집안 형님은 용감하게 대장정을 떠나신다.

丙戌之秋 六寸兄 教秀 逢華甲 心祝而拙書之

感祝潤齋先生回甲
감축윤재선생회갑

眞儒雅會主人前 / 진유아회주인전
鐵樹花開丙戌年 / 철수화개병술년
참된 선비들 아담한 모임의 주인장 앞에
병술년 무쇠나무는 활짝 꽃을 피웠네

奉聖綱常傳舊學 / 봉성강상전구학
承家孝悌出明賢 / 승가효제출명현
성인의 강상을 받들어 옛 학문을 전하고
가정의 효제를 이어 밝은 사람 나왔구나

衣食豊饒猶儉約 / 의식풍요유검약
筆文秀傑可溫然 / 필문수걸가온연
의식이 넉넉해도 오히려 검약하시고
필문이 뛰어나니 가히 온화하시구나

爲隣善行誰敢及 / 위린선행수감급
五福高門萬代全 / 오복고문만대전
이웃을 위한 선한 행실 누가 감히 미치리오
인간 오복이 공의 가문에 만대까지 온전하리다

丙戌初夏 雅會主人潤齋先生 逢華甲 心祝而書之

祝當選忠北道知事
축당선충북도지사

地選爭榮陟寶樓 / 지선쟁영척보루
如雲賀客滿環周 / 여운하객만환주

지방선거 명예를 다투어 보루에 오르니
하객은 구름처럼 주위에 가득하구나

破邪智將須爲政 / 파사지장수위정
忍苦良民僅免愁 / 인고양민근면수

사악함 깨뜨린 지장이 마땅히 정사를 맡으니
고통을 참아낸 양민은 겨우 근심을 면하도다

五美兼全知四惡 / 오미겸전지사악
三靈共久樂千秋 / 삼령공구락천추

오미와 겸하여 사악을 모두 알면
하늘 땅 별과 더불어 즐거움이 영원하니

每事于先思正義 / 매사우선사정의
太平烟月必長留 / 태평연월필장유

매사에 제일 먼저 정의를 생각하면
반드시 태평연월은 오래도록 머물리라

丙戌年端午 祝鄭知事

頌 仁村先生
송 인촌선생

甘谷桃名振海東 / 감곡도명진해동
仁村父老智無窮 / 인촌부로지무궁

감곡복숭아의 명성을 나라에 떨치신
인촌 선생의 지혜는 다함이 없었네

農經事業終成志 / 농경사업종성지
郡政衷心始奏功 / 군정충심시주공

농업경영의 사업을 마침내 뜻대로 이루셨고
군정에 대한 충심은 비로소 보람으로 드러나네

三寶濟民祈世富 / 삼보제민기세부
萬機憂國作時豊 / 만기우국작시풍

세가지 보배로 백성 구하려 세상이 넉넉하길 빌고
일만 기틀로 나라 걱정하며 시대 풍요롭게 하셨네

誰能勇退棄私慾 / 수능용퇴기사욕
義路獻身稱一雄 / 의로헌신칭일웅

누가 능히 사욕 버리고 후진을 위해 물러 나리요
의로운 길에 몸 바치신 이 시대 영웅이라 칭하리!

丙戌霖雨中 書爲 仁村 高好種 組合長

送金榮哲面長
송 김영철 면장

忽聞賢者別斯鄕 / 홀문현자별사향
擧筆消煩上惜章 / 거필소번상석장

갑자기 현자께서 이 마을 떠나신다는 기별을 듣고
붓을 들어 번민을 삭이며 아쉬움에 글을 올립니다.

引義潛規成宿願 / 인의잠규성숙원
施仁種德布新方 / 시인종덕포신방

의를 좇아 처신하며 잠규로써 오랜 바램 이루시고
인을 베풀고 덕을 행하며 새로운 방안을 펼치셨네

透明政策千秋赫 / 투명정책천추혁
淸白忠情萬古芳 / 청백충정만고방

투명한 정책은 천추에 빛나고
청렴결백한 충정은 만고에 꽃답도다.

不朽功勳誰敢及 / 불후공훈수감급
同謀往事永難忘 / 동모왕사영난망

불후의 공훈에 누가 감히 미치리오
함께한 지난 일 영원히 잊지 못 하리라

丙戌初秋 謹再拜上狀

頌祝 丹坪林元喆翁
聖經筆寫

송축 단평 林원철옹 성경 필사

講論司祭曰 / 강론사제왈

筆寫聖經同 / 필사성경동

강론에 사제께서 말씀하시길

성경과 똑같이 필사 하라시니

舊約通宵記 / 구약통소기

新言盡日攻 / 신언진일공

구약성서를 밤새워 적으시고

신약 말씀 온종일 고쳐 써서

林翁書一着 / 임옹서일착

天主樂無窮 / 천주락무궁

임노인 글이 가장 먼저 도착하니

주님의 즐거움 다함이 없으셨네

白屋垂榮福 / 백옥수영복

乾坤讚小雄 / 건곤찬소웅

하얀 집에 영광의 신비 드리우니

하늘과 땅 작은 영웅을 기리네

甘谷聖堂司祭講論曰 筆寫聖經全書焉 居丹坪里林翁聽之

第一着筆寫完了兮 乃獻詩而頌祝之 乙酉臘月甲辰日

보릿고개를 어렵게 넘던 시절 돈이 없어 배우지도 못하고
평생 호미자루와 괭이자루를 놓지 못하신 칠십 노인께서
8개월 만에 성경전서를 완필하셨으니, 그것은 오직 독실한
신앙에서 비롯되지 않고서는 불가능했으리라 생각하며
이에 부족하지만, 시를 지어 바치고 그 복된 일을 송축합니다.

謹賀仁村翁回婚禮
근하 인촌옹 회혼례

幾載初顔醮禮廳 / 기재초안초례청
回婚設宴是疑聽 / 회혼설연시의청
초례청 초면식이 벌써 몇 해가 흘렀는고
회혼연 소식에 참인지 귀를 의심했더이다.

夫和婦順如賓敬 / 부화부순여빈경
子孝孫賢似棣馨 / 자효손현사체형
부화부순하시며 손님을 모시듯 공경하니
자손은 효하고 밝아서 우애함이 꽃답도다.

世仰箴言擎手記 / 세앙잠언경수기
家傳美俗奉心銘 / 가전미속봉심명
세상이 우러르는 잠언을 글로 남겨 받드시고
대대로 전해오는 미속을 마음에 새겨 행하셨네

能輸博濟然偕老 / 능수박제연해로
願永高堂耀壽星 / 원영고당요수성
능히 박제사상을 펼치시고 더불어 해로 하시니
오래도록 고당에 수성이 빛나기를 기원하나이다.

丁亥年華月方春之際 高好鍾 組合長 惠存

寄雅號於金承根教授
기아호어김승근교수

自古吾儒呼作號 / 자고오유호작호
公名欲寄敬揮毫 / 공명욕기경휘호
예로부터 우리 선비는 호를 지어 불렀으니
공의 아호를 짓고자 삼가 붓을 듭니다

興農鵠志如天卓 / 흥농곡지여천탁
闡學鴻圖似日高 / 천학홍도사일고
흥농의 원대한 포부는 하늘처럼 드높았고
천학의 크나큰 계획은 태양같이 높았다오

以世宗師明厥義 / 이세종사명궐의
爲鄕里長顯其豪 / 위향리장현기호
세상의 큰 스승으로써 의로움을 밝히셨고
시골의 이장이 되어 호방함을 드러내셨네

于今暗夜前程炬 / 우금암야전정거
稱是星光頌貴勞 / 칭시성광송귀로
어두운 밤 횃불이 되어 오늘에 이르렀으니
星光이라 칭하고 귀하의 노고를 기립니다

祝晴江張炳國先生古稀
축 청강 장병국선생 고희

晴翁謫降七旬年 청옹적강칠순년
各處詞林頌祝連 각처사림송축연

청강 선생 적강 하신지 칠십년
각처 사림의 송축이 이어지네

士道承傳開絳帳 사도승전개강장
儒風振作守靑氈 유풍진작수청전

사도는 강장을 열어 승전하고
유풍은 청전을 지켜 진작했네

滅私奉職官規重 멸사봉직관규중
顯祖揚門聖訓全 현조양문성훈전

멸사봉직은 관리의 규범이 중함이요
현조양문은 성인의 가르침 그대로네

孝子傾誠追設宴 효자경성추설연
壽星通夜耀賓筵 수성통야요빈연

효자가 정성으로 재차 잔치를 열어주니
수성이 밤새도록 손님의 자리에 빛나네

丁亥年 五月 癸巳日 和酬

尹炷 企業體協議會長
윤신 기업체협의회장

結團企業自頭營 / 결단기업자두영

二十星霜懿跡成 / 이십성상의적성

기업체협의회를 결성하고 몸소 회장이 되어

이십년 세월 동안 훌륭한 자취 이루셨구나

養德修身施善策 / 양덕수신시선책

安貧樂道積仁情 / 안빈낙도적인정

덕을 기르고 몸을 닦아 선책을 베푸시고

안빈낙도하시며 어진 뜻을 쌓으셨네

愛鄉思想如山屹 / 애향사상여산흘

奉仕精神似日明 / 봉사정신사일명

애향 사상은 산처럼 드높고 봉사정신은 해와 같이 밝구나

壹萬面民褒勳裏 / 일만면민포적리

鴻圖未遠必光榮 / 홍도미원필광영

일만여 면민이 공적을 기리는 속에

큰 뜻 멀지 않아 반드시 영광이 있으리라

庚寅年 仲春 尹炷 甘谷面企業體協議會長
二十週年歷任紀念祝詩

祝當選慶大秀國會議員
축당선 경대수 국회의원

同苦鄕隣幾歲遷 / 동고향린기세천
慶公與儷動皇天 / 경공여려동황천

지역민과 고락을 함께 한지 몇 해인가
경공 부인과 함께 하늘을 움직이셨네

大倫若謁唐虞聖 / 대륜약알당우성
勁節疑還伯叔賢 / 경절의환백숙현

대륜은 요순임금을 뵙는 듯 하고 굳은 절개는 백이 숙제 살아오신 듯

任職奪權崇秩捨 / 임직탈권숭질사
臥薪嘗膽選良緣 / 와신상담선량연

부패한 정권에 고위 관직 내던지고 와신상담 각고 끝에 선량이 되었네

初心刻骨將登院 / 초심각골장등원
四郡希求必遂全 / 사군희구필수전

초심을 뼈에 새기고 이제 국회로 가시면
중부사군 바램을 반드시 이루어 주시오!

壬辰四月 書爲 四一一總選 中部四郡
國會議員 當選者 慶大秀

心祝朴槿惠大統領當選人

심축 박근혜대통령 당선인

坤命最初抒大權 / 곤명최초부대권
可期槿域更開天 / 가기근역갱개천
여성이 처음 대권을 손에 넣으시니
가히 근역은 새로운 하늘이 열리리라

通商廣拓民生厚 / 통상광척민생후
安保增强國步全 / 안보증강국보전
통상을 광척하여 민생을 두텁게 하고
안보는 증강하여 국운을 온전히 하셔야

左右蕩平携共手 / 좌우탕평휴공수
東西統合竝相肩 / 동서통합병상견
좌우익 탕평인사 함께 손을 맞잡고
동서 통합으로 균형발전 이루시길

成長果實均分裏 / 성장과실균분리
弘益人間聖代連 / 홍익인간성대연
성장의 과실 고루고루 나누는 속에
홍익인간 성군의 시대가 이어지리라

　　　　　壬辰歲暮 心祝朴槿惠大統領當選人而書之

送具滋坪面長
송 구자평 면장

存義将行柳子吟 / 존의장행유자음
送君我思亦其心 / 송군아사역기심

설존의 임직 마치고 떠날 때 유종원이 송덕시를
읊었는데, 님을 보내는 내 마음 또한 그렇다오

對民不派官爲本 / 대민불파관위본
臨事從公自作箴 / 임사종공자작잠

민원에 편 가르지 않음을 관리의 본분으로
업무에 공익 따름을 스스로 잠계 삼았구려

雲霧客星明且滅 / 운무객성명차멸
風塵宦誨泛還沉 / 풍진환해범환침

어두운 세상 뭇별이 밝았다 또 사라지고
어지러운 벼슬 바다 떴다 잠겼다 하지요

善施面政深藏裡 / 선시면정심장리
甘谷人皆必證今 / 감곡인개필증금

훌륭히 베프신 면정 깊이 간직하는 속에
면민 모두가 반드시 오늘을 증거하리다!

唐柳宗元頌德文曰薛存義假令零陵二年矣 雖盡官吏之道
然具滋坪甘谷面長赴任 以來十五個月矣 其間業績無數
以口總不可說也 柳子又曰自身賤且辱不得與考績幽明之說
其言余亦之 於其往也以此詩書 頌功德之而耳
乙未夏 午月旣望 送 具滋坪甘谷面長

당나라 유종원이 송덕문에서, 설존의가 영릉 임시 현령으로 2년을
다스리면서 관리의 도리를 다했다고 칭찬을 하지만,
구자평 감곡면장은 부임한지 15개월 동안 참으로 업적이 무수하여,
그것을 모두 열거할 수가 없습니다.
유종원이 또 이르기를, 자신은 비천한 지위에 있고 귀양살이를 하는
욕된 몸이라, 관리들의 업적을 심사하거나 승진 또는 좌천시키는
자리에 참여할 수 없음이 안타깝다고 했는데,
본인 또한 그런 처지라, 이제 구자평 면장을 보내는 마당에 시와
글로써 공덕을 치하할 따름입니다.

祝雅月尹容男女史米壽展
축 아월윤용남여사미수전

古稀初接筆 / 고희초접필

米壽展揮毫 / 미수전휘호

춘추 칠십에 처음 붓을 잡으시고 88세에 작품을 세상에 내어 놓으셨네

燭淚成灰止 / 촉루성회지

蠶絲盡命勞 / 잠사진명로

촛불은 재가 되어야 눈물을 멈추고
누에가 명을 다해야 실 뽑길 그친다오

東方求妙藥 / 동방구묘약

王母得仙桃 / 왕모득선도

동방삭의 묘약을 구하신 듯 서왕모 선도를 얻으신 듯

老大猶情熱 / 노대유정열

家山雅月高 / 가산아월고

해를 더할수록 더욱 정열적이시니 고향 산천에 아월이 높습니다

玩賞雅月尹容男女史米壽展書畵集有感而書之

丙申年端午節 麟山 慶斗秀 拜

贈赤十字血液院申院長
증 적십자혈액원신원장

善世勞謙不伐功(선세노겸불벌공)
厥中允執亦圓融(궐중윤집역원융)

공이 있어도 겸손하게 떠벌이지 않고
중용의 처신 또한 원융무애 하시네

少時業績倫常在(소시업적윤상재)
晚節風流禮樂通(만절풍류예악통)

젊은 날 업적에 인륜과 상도가 있었고
만절에 풍류는 예와 악을 통했다오

大德修身仁未薄(대덕수신인미박)
眞心交友義何窮(진심교우의하궁)

큰덕으로 수신하시니 인이 엷지 않으며
진심으로 교우함에 의가 어찌 궁하리오

尙今奉職渾誠力(상금봉직혼성력)
勤厚高堂必益豊(근후고당필익풍)

지금도 온 성력으로 공직을 받드시니
근후한 고당에 반드시 풍요를 더하리라!

甲午夏日 書爲高靈后人申昌雨赤十字血液院長

送金榮寬甘谷面長
송 김영관 감곡면장

日新面政奔西東 / 일신면정분서동
甘谷雄飛首長衷 / 감곡웅비수장충

면정을 일신하려 동분서주하심은
감곡 웅비의 면장님 충정이었소

難事用兵模蜀相 / 난사용병모촉상
得心握髮法周公 / 득심악발법주공

어려운 일에 용병술은 촉상을 본받았고
민심 얻은 토포악발 주공을 법 삼았소

布仁必是無慳貨 / 포인필시무간화
彰義應當不顧躬 / 창의응당불고궁

인을 베푸심엔 필시 재물 아낌없고
의로움엔 응당 몸을 돌보지 않았소

和合遂成鄉一體 / 화합수성향일체
我揮鈍筆頌其功 / 아휘둔필송기공

마침내 향리를 하나로 화합하시니
내 무딘 붓을 들어 그 공을 기립니다

己亥盛夏 書爲甘谷面長 金榮寬

榮參張南壎先生傘壽宴
영참장남훈선생산수연

泗洙濂洛理通明 / 사수염낙리통명
師表東翁大耋迎 / 사표동옹대질영

사수 염락 이치 밝게 통하시고, 사표이신 동오선생 팔순 맞으셨네.

揮筆似看仙鶴舞 / 휘필사간선학무
講論如聽聖人聲 / 강론여청성인성

휘호는 선학의 춤을 보는 듯하고, 강론은 성인의 말씀을 듣는 듯하오.

持身敬義方而直 / 지신경의방이직
處事寬仁厚且淸 / 처사관인후차청

경의로써 지신하사 바르고 곧으시며,
관인하신 처사 두텁고도 맑으시네.

設宴諸孫皆孝友 / 설연제손개효우
可知以敎偉名成 / 가지이교위명성

자리 마련한 자손 모두 효우하니, 교화로써 큰 이름 이루심 알겠구나!

丁酉春分之節 東吾 張南壎 先生 傘壽宴
書藝展示 及 書藝集出版 紀念會 榮參有感而書之

慶祝 金婚式
경축 금혼식

華燭同房五十年 / 화촉동방오십년
須知德義孝慈全 / 수지덕의효자전
萬難克復孫賢哲 / 만난극복손현철
家業尤昌壽福延 / 가업우창수복연

화촉을 밝히고 함께 하신지 오십년 세월
덕의를 아셨으니 섬김과 가르침이 바르셨네
온갖 어려움 이겨내시고 자손들 현철하니
가업은 더욱 창성하고 수복 더하시길

庚寅 端午 金熙雄翁金婚式

訪上永竹 宋處士
방 상영죽 송처사

宋翁居永竹 / 송옹거영죽

客到動詩心 / 객도동시심

門外牛猶放 / 문외우유방

罇中月已沈 / 준중월이침

영죽에 거하시는 송선생,

객이 오자 시심이 동하여,

문밖에 소는 그대로 버려둔 채

술잔에는 이미 달그림자 잠겼네!

丁酉三月末丁 訪上永竹 宋處士

擧酒相屬一觴一詠 有感而書之

讚柳澤熙總長
찬 류택희 총장

極江兩學俯長湖 / 극강양학부장호
其校門前鐵馬趨 / 기교문전철마추
施惠於鄉如此大 / 시혜어향여차대
令名後世豈忘乎 / 영명후세기망호

극강 두 대학이 장호원을 굽어보고
그 교문 앞에는 철마가 달린다
고향에 베푸신 은혜가 이처럼 큰데
영명을 후세들이 어찌 잊겠습니까!

戊戌 立春

追慕詩

(추모시)

追慕忠穆公兪應孚先生
추모충목공유응부선생

簒位論功癸酉天 / 찬위논공계유천
先生反正伴群賢 / 선생반정반군현

찬위의 공을 따지던 계유정란의 하늘!
선생은 군현과 더불어 반정을 꾀하셨네

六臣被禍朝寥落 / 육신피화조요락
萬姓喪心野黯然 / 만성상심야암연

육신이 화를 입은 조정은 요락했고
모든 백성이 상심한 사회는 암연했다

顯祖孝廉佳不極 / 현조효렴가불극
事君忠義至無邊 / 사군충의지무변

조상을 드러내신 효렴은 아름답기 그지없고
임금을 섬기던 충의는 지극하기 끝이 없도다

臨終閉口凌親鞫 / 임종폐구능친국
大節長存後世傳 / 대절장존후세전

마지막까지 침묵으로 친국을 능멸하시던
높은 절개 길이 간직하여 후세에 전하리라

又

先生癸酉血腥天 / 선생계유혈성천
反正圖謀主役賢 / 복위도모주역현
선생은 계유정란의 피비린내나는 하늘에
단종복위 도모하신 주역이셨다오

雲劍廢除長嘆息 / 운검폐제장탄식
首陽推鞫大超然 / 수양추국대초연
별운검을 제폐하여 비록 이루지는 못했지만
수양대군의 혹독한 국문에 크게 초연하셨네

養親至孝須無極 / 양친지효수무극
報國貞忠豈有邊 / 보국정충기유변
부모 봉양의 지효는 응당 다함이 없으셨나니
보국의 정충에 어찌 끝이 있을 수 있으리오

明此偉名垂竹帛 / 명차위명수죽백
遺香伏頌後人傳 / 유향복송후인전
이 위대한 존명 죽백에 담아 밝혔으니
끼친 덕행 복송하며 후인에게 전하노라

讚毅菴柳麟錫先生倡義
찬 의암류인석선생창의

毅翁倡義幾經春 / 의옹창의기경춘
後世遺風萬古新 / 후세유풍만고신
의암 선생 서거하신지 몇 해 지났는가
후세에 끼친 교화 만고에 새롭구나

飛檄八方求勇士 / 비격팔방구용사
處身三事誠仁人 / 처신삼사계인인
격문을 팔방에 띄워 용사를 모으시고
처변삼사로써 어진이들을 훈도하셨네

抗倭大節參天卓 / 항왜대절참천탁
護國精忠貫日彬 / 호국정충관일빈
항일의 큰 절조 하늘에 닿을 듯 높으셨고
호국의 정한 충의 해를 꿰고 빛났도다

民族自存由此遂 / 민족자존유차수
芳名奉讚不窮伸 / 방명봉찬불궁신
민족자존이 이로 말미암아 이루어지니
꽃다운 이름 찬양함이 끝없이 펼쳐지리다

宋尤庵先生
誕辰四百周年記念

송우암선생탄신사백두년

宋子弧辰四百年 / 송자호신사백년

生前偉績屹如天 / 생전위업흘여천

우암 선생 세상에 나신지 사백년
생전업적이 하늘만큼이나 높구나

南溟刻字尙今著 / 남명각자상금저

北塞遺裘依舊鮮 / 북새유구의구선

남명에 새긴 글 지금도 또렷하고
변방의 유구는 여전히 곱다오

孔孟綱常尊奉士 / 공맹강상존봉사

程朱理氣仰承賢 / 정주이기앙승현

공맹의 강상을 높이 받드신 선비요
정주의 이기를 우러러 이으신 현인이라

芳名偉績輝靑史 / 방명위적휘청사

雲集詞林紀念筵 / 운집사림기념연

방명 위적이 청사에 휘황하니
기념하는 자리에 사림이 운집했네

又

尤翁以直闡吾東 / 우옹이직천오동
四百星霜仰慕同 / 사백성상앙모동

우암 선생 직으로써 우리 동방을 여시니
사백년 세월 한결 같이 우러르네

扶植綱常隆禮俗 / 부식강상융예속
褒彰德業起儒風 / 포창덕업기유풍

강상을 부식하여 예속을 높이시고
덕업을 포창하여 유풍을 일으키시다

當時善策承傳裡 / 당시선책승전리
亂世嘉猷導出中 / 난세가유도출중

당시의 좋은 방책을 승전하는 속에서
난세에 다시없는 계책을 도출하는 가운데

治績增光長久續 / 치적증광장구속
芳名不朽永無窮 / 방명불후영무궁

치적은 빛을 더하며 장구히 이어지고
방명은 불후히 영원무궁하리라

追慕惕齋李書九先生
추모척재이서구선생

惕老臣忠萬古眞 / 척로신충만고진
遺風行跡亦超倫 / 유풍행적역초륜

척재 선생 신하된 충정은 만고에 참되고
유풍과 행적 역시 크게 뛰어 나셨다오

以經綸作羲農世 / 이경륜작희농세
執道義成堯舜民 / 집도의성요순민

경륜으로써 복희 신농의 세상을 지으시고
도의를 가지고 요순임금 백성을 만드셨네

傳頌明官勳業大 / 전송명관훈업대
去思善政德音新 / 거사선정덕음신

명관의 훈업이 크셨음을 대로 칭송하고
선정의 덕음이 새로움을 가신 뒤에 사모하네

越川逸話追懷裡 / 월천일화추회리
靑史芳名百世彬 / 청사방명백세빈

영평천의 일화를 추회하는 가운데
청사의 방명은 백세토록 빛나리라

次分行驛寄忠州刺史韻
차분행역기충주자사운

麗代詩名南老冠 / 여대시명남로관

忠州刺史受芳吟 / 충주자사수방음

고려조 시명은 남호선생 으뜸인데
충주자사가 선생의 시를 받았다네

玉詞言外舒情厚 / 옥사언외서정후

金句行間隱意深 / 금구행간은의심

옥 같은 말씀 말 밖에 펴신 정 두텁고
금 같은 구절 줄 사이 숨은 뜻 깊구나

欲作儒鄕千載寶 / 욕작유향천재보

難尋客舍兩人心 / 난심객사양인심

선비고을은 천년 보배 삼으려는데
객사에선 두 분 마음 찾기 어렵네

官衙厥跡增修裏 / 관아궐적증수리

玩賞群成大樹森 / 완상군성대수삼

관아의 그 자취 늘려 짓는 속에서
완상하는 이들이 큰 숲을 이루리라

懷古望鄉塔
회고망향탑

望鄉塔下俯沙州 / 망향탑하부사주
懷古端宗客暫留 / 회고단종객잠유

망향탑 아래 모래섬을 굽어보며
단종을 회고하는 객이 잠시 머문다

遺址碑文霑士眼 / 유지비문점사안
淸泠浦史頓賢頭 / 청령포사돈현두

유지의 비문은 선비의 눈을 적시고
청령포 역사에 현자 머리를 조아리네

戀妃積石銷長恨 / 연비적석소장한
怨叔吟詩散遠愁 / 원숙음시산원수

왕비를 그리며 쌓은 돌은 오랜 한을 삭이고
숙부 원망하며 읊은 시 멀리 시름 흐트린다

屹立刀山雖隔路 / 흘립도산수격로
西江碧水向京流 / 서강벽수향경류

우뚝 솟은 도산이 비록 길을 막을지라도
서강의 푸른 물은 서울을 향해 흐른다

制憲六十周年回顧
제헌육십주년회고

吾韓制憲發休祥 / 오한제헌발휴상
六十星霜遺化光 / 육십성상유화광
대한민국헌법제정 복된 조짐 발하더니
육십 성상 후세에 큰 덕화 끼쳤구나!

四惡排除民意載 / 사악배제민의재
萬機窮究國威揚 / 만기궁구국위양
사악을 배제하는 민의가 실리고
만기를 궁구하여 국위를 드높였네

遵行世道家庭逸 / 준행세도가정일
增進人權社會昌 / 증진인권사회창
세도를 좇아 행하니 가정이 편안하고
인권을 증진하여 사회가 창성하네

弘益典章如此貴 / 홍익전장여차귀
自由從責守非忘 / 자유종책수비망
널리 이롭게 하는 법규가 이처럼 소중하니
자유에 따른 의무를 잊지 않고 지키리라!

戊子年 制憲節

願 先農壇復元

원 선농단복원

懇願先壇復舊成 / 간원선단복구성
繼開聖德永彰明 / 계개성덕영창명

간절히 바라노니 선농단 복구가 이뤄지고
성덕을 이어 열어 오래도록 밝게 드러나기를

籍田再置將傾力 / 적전재치장경력
祭址增修亦盡誠 / 제지증수역진성

적전을 재치하도록 힘을 기울이고
제터를 증수토록도 정성을 다합시다

祈穀列朝千載業 / 기곡열조천재업
活農今世萬人聲 / 활농금세만인성

풍년을 갈구함은 열조 천년의 업이요
농업을 살리자 함은 지금 세상 중론이네

官民互助尋方策 / 관민호조심방책
史蹟周全保本情 / 사적주전보본정

관민이 서로 도와 방책을 모색하고
사적을 주전하여 근본된 뜻을 지켜가세

挽詞
(만사)

頌國民俳優
국민배우 김형곤을 기리며

荊路吾生得笑聲 / 형로오생득소성
貴公恩德已揚名 / 귀공은덕이양명
가시밭길 우리 인생이 웃음을 찾은 것은
그대의 은덕이니 이미 이름이 드높다오

追從衆淚添洌水 / 추종중루첨열수
哀悼人波蓋漢城 / 애도인파개한성
추종하는 무리의 눈물이 한강에 더해지니
애도하는 인파가 서울을 뒤덮었다오

與母幼時行故里 / 여모유시행고리
收憂此夜逝幽冥 / 수우차야서유명
어린시절 어머니를 따라서 고향에 가듯이
이 밤 근심을 거두시고 극락왕생하소서

穢權淩蔑君之勇 / 예권능멸군지용
諷刺俳優役闡明 / 풍자배우역천명
더러운 권력을 능멸하던 그대의 용기는
풍자 배우의 역할을 명백하게 하셨소!

哀悼朴弘綏前農林部長官
애도 박홍수전농림부장관

偉哉農相落榮先 / 위재농상낙영선
槿域田人別淚連 / 근역전인별루연
위대하신 농상께서 먼저 서거하시니
대한의 농부들 이별의 눈물을 흘리네

以德安民功莫大 / 이덕안민공막대
捨身輔國志猶全 / 사신보국지유전
덕으로 안민하신 공은 더없이 크시고
사신 보국의 뜻은 아직도 온전한데

靑山不語懷深恨 / 청산불어회심한
斜日無痕失特權 / 사일무흔실특권
청산은 말없이 깊은 한을 품고
비낀 해 흔적 없이 특권마저 잃었구나

哀盼壽星長嘆裡 / 애혜수성장탄리
但祈遺業永年傳 / 단기유업영년전
남극성을 바라보고 길게 탄식하며
다만 유업이 영원히 이어지길 빕니다.

戊子仲夏壬午日 苦吟

挽盧武鉉前大統領
만 노무현 전 대통령

亢龍抛己忽歸天 / 항룡포기홀귀천
槿域山河別淚連 / 근역산하별루연

귀한 분이 몸을 던져 돌연 서거하시니
근역 산하에 이별의 눈물이 이어졌다오

追悼人波超半億 / 추도인파초반억
自生殯所近三千 / 자생빈소근삼천

추도하는 인파가 오천만을 넘었고
절로 생겨난 빈소가 삼천을 헤아리네

聽聞義氣尤名卓 / 청문의기우명탁
彈劾蠻行尙位堅 / 탄핵만행상위견

청문회 정의로운 기개로 이름을 드높였고
탄핵의 만행은 오히려 자리를 굳건히 하였는데

誰有與民將苦樂 / 수유여민장고락
未完大業恨無邊 / 미완대업한무변

누가 있어 장차 백성과 고락을 함께 할고
미완의 대업에 비통함은 끝이 없구려!

己丑 端午 挽 盧武鉉 前大統領

挽慈親

만 자친

慈親臥病十餘年 / 자친와병십여년
不遇生平別世然 / 불우생평별세연
어머니께서 십일년을 병석에 누우셨더니
불쌍하신 생애를 그렇게 하직하셨네

燭睡空閨餘舊蹟 / 촉수공규여구적
山深小墳杳前緣 / 산심소분묘전연
촛불 깜빡이는 빈방에는 옛 자취가 가득한데
산 깊은 작은 묘지엔 지난 생각 아득하구나

哀歸影幀流孫淚 / 애귀영정류손루
泣去明旌怨夏天 / 읍거명정원하천
자손의 눈물에 젖은 영정이 서럽게 돌아오고
여름 하늘을 원망하던 명정도 울며 떠나갔네

冥土迷魂無護從 / 명토미혼무호종
于今不孝口何傳 / 우금불효구하전
명토를 헤매시는 고인을 따를 자식이 없는데
생전에 지은 죄를 어떻게 말로 전할 수 있으리오!

己丑 閏五月 旣望 不肖 哭挽
기축년 윤오월 기망에 불초 곡하며 쓰다.

詩友麟山親喪輓詞
시우 인산 친상만사

仰歎麟山夏至天 / 앙탄인산하지천
慈堂別世自茫然 / 자당별세자망연

인산이 하지에 하늘을 우러러 탄식하니
자당께서 별세하시어 망연자실하였구나

子孫慟哭聞窓外 / 자손통곡문창외
弔客焚香拜影前 / 조객분향배영전

자손들의 통곡 소리는 창밖으로 들려오고
조문객들은 분향하며 영전에 재배하네

反哺報恩專敬盡 / 반포보은전경진
劬勞達孝豈喪連 / 구로달효기상연

반포보은 행하고자 오직 공경 다 했는데
구로지감 달효하였는데 어찌 상을 당했는고

先塋濕潤鄕隣淚 / 선영습윤향인루
魂魄冤歸躑輿邊 / 혼백원귀척여변

선영은 향인들의 눈물로 촉촉히 젖어가고 있는데
혼백은 돌아가기 원통하여 상여 주위를 머뭇거리네

己丑閏五月望日 仁同後人 張悳 潤齋 哭 再拜

挽金大中前大統領
만 김대중 전대통령

民族巨星消墜天 / 민족거성소추천
貶褒毁譽口爭連 / 폄포훼예구쟁연

민족의 큰 별이 지시니
훼예포폄하는 언쟁이 길구나

大權終得忍冬草 / 대권종득인동초
久怨初容經世賢 / 구원초용경세현

대권을 끝내 움켜쥔 인동초요
정적을 처음 용서한 현자로세

不動良心難斥惡 / 부동양심난척악
雖居死地勿抛緣 / 수거사지물포연

행동치 않는 양심은 악을 물리칠 수 없다며
사지에서도 삶을 포기하지 않으셨네

北南頂上摸遺志 / 북남정상모유지
撤廢鴻溝國步全 / 철폐홍구국보전

남북정상은 유지를 궁구하여
이념을 넘어 국운을 온전히 하라

己丑 處暑

挽金熙雄翁
만 김희웅옹

去年矍鑠七旬筵 / 거년확삭칠순연
都是何言羽化仙 / 도시하언우화선
지난해 칠순연에 정정하시더니
도대체 날개돋힌 신선이 웬 말이요

哀絶哭聲終日聞 / 애절곡성종일문
恨凝別淚盡宵連 / 한응별루진소연
애절한 곡소리가 온종일 들려오고
한 맺힌 이별의 눈물 밤새 흐르네

善修德積回家運 / 선수덕적회가운
義守仁行拂業緣 / 의본인행불업연
선을 닦고 덕을 쌓아 가운을 돌리시고
의수 인행하여 업보의 연을 끊으셨네

幽宅丹旌埋土際 / 유택단정매토제
痛歎光景筆難傳 / 통탄광경필난전
유택에 붉은 명정이 흙으로 묻힐 적에
아프게 탄식하는 광경 글로 전하긴 어렵구나

辛卯立秋 觀 慶州金門 痴軒 父親喪禮

挽金泳三前大統領
만 김영삼 전대통령

巨山功績死猶新 / 거산공적서사유신

苦笑喪中嫡子陳 / 고소상중적자진

거산 공적이 가신 뒤 더욱 새로우니

씁쓸히도 상중에 적자가 즐비하네

欲捕虎生其入窟 / 욕포호생기입굴

雖撚鷄頸此來晨 / 수연계경차래신

호랑이 잡으려 그 굴에 들어가셨고

닭의 목을 비틀어도 새벽은 왔구나

金融電改清名得 / 금융전개청명득

軍政終頹大道伸 / 군정종퇴대도신

금융실명 전격 실시 청명을 얻으시고

군정을 종식하여 대도를 펼치셨다오

和合宿題遺世後 / 화합숙제유세후

英雄永訣白衣民 / 영웅영결백의민

화합의 숙제 세상에 남기신 뒤

영웅은 우리 국민과 영결하시었소

乙未小雪節挽金泳三前大統領

題畫

(제화)

題畵
제화

軟紅帽臉似香花 / 연홍모검사향화
淡碧輕衣共葉佳 / 담벽경의공엽가
墻下群芳相競美 / 장하군방상경미
恐敎愁殺蜜蜂斜 / 공교수쇄밀봉사

연홍색 모자와 얼굴 향기로운 꽃과 같고
푸른색 가벼운 옷은 잎새와 함께 곱다오
담장 아래 뭇 꽃들과 아름다움을 다투니
혹여 꿀벌이 비낄까 심히 걱정이오!

又

色眼鏡遮佳面半 / 색안경차가면반
細肩上負百年憂 / 세견상부백년우
燈明洛寺神靈佛 / 등명낙사신령불
苦厄皆離越女頭 / 고액개리월녀두

색안경은 아름다운 얼굴 반쯤 가리고
가는 어깨 위엔 백년 시름을 지고
등명낙가사 신령한 부처시여
그녀 뇌리의 고액 멀리 보내주소서!

又

窈窕花容坐杏邊 / 요조화용좌행변
沈深玉眼向誰妍 / 침심옥안향수연
無情二百長生木 / 무정이백장생목
若汝佳人壽久年 / 약여가인수구년

꽃 같은 요조숙녀 살구나무 곁에 앉아
옥 같은 눈, 깊은 생각 누굴 향해 고울까
이백년을 무정하게 장생하는 나무여
너처럼 그녀도 오래 보게 하려므나!

又

俗離石徑有開花 / 속리석경유개화
應是寺僧難步加 / 응시사승난보가
玉骨氷肌傾國發 / 옥골빙기경국발
對彼何覺示拈華 / 대피하각시염화
속세 떠난 돌길에 꽃이 피어나니
스님들 발걸음 옮기기 어렵겠네
옥골빙기 경국이 빛을 발하는데
그녈 보고 어찌 부처 말씀 깨닫겠소

又

深閨越女枕殊長 / 심규월녀침수장
或臥芳顔似淡妝 / 혹와방안사담장
胸火更强何歲滅 / 흉화갱강하세멸
遠望東海亂秋凉 / 원망동해란추량

깊은 규방의 미인 베개는 특히 길고
누운 듯 꽃다운 얼굴 가볍게 화장한 듯
가슴 불 더욱 거세 어느 해 꺼지려나
멀리 동해 바라보니 가을바람 어지럽다

又

出泥無染愛蓮說 / 출니무염애련설
濂老其言我固孚 / 염로기언아고부
池上佳人能褻玩 / 지상가인능설완
遠觀只可莫言愚 / 원관지가막언우

진흙에 피어도 물들지 않는다는 애련설
염계 선생 그 말씀 내 굳게 믿었거늘
연못 위 가인이 능히 연꽃 희롱하니
멀리서만 볼 수 있단 어리석은 말 마오!

覽畢一晚先生揮毫
남필일만선생휘호

毫端鳴鶴舞 / 호단명학무

紙上德香浮 / 지상덕향부

隱翼猶飛翥 / 은익유비저

無風激浪流 / 무풍격랑류

붓끝에선 명학이 춤추고

종이 위엔 덕향이 넘치네

날개를 감춘 듯 오히려 날아오르고

바람이 없는데도 거친 파도가 흐른다

癸巳夏日 覽畢一晚先生揮毫有感而書之

艶情詩

(염정시)

待人
기다리는 마음

釋裙揮筆畵 / 석군휘필화
秋月再來盟 / 추월재래맹

속치마에 그림을 그려주며
가을밤에 다시 오마 맹서했네

籬下菊花發 / 이하국화발
窓前曉鵲鳴 / 창전효작명

울 밑엔 국화가 피어나고
창가엔 새벽까치 우는데

土門望洞口 / 토문망동구
鶴首叫君名 / 학수규군명

흙담 너머로 동네 어귀를 바라보고
학처럼 목을 빼고 그대 이름 불러보네

雪解常孤影 / 설해상고영
寧傳忘戀情 / 영전망연정

봄이 되어도 님은 오지를 않으시니
차라리 잊었다는 말이라도 전해주오

丙戌臘月壬申日 讀張先生之詩有感

登臨車坪池

수레뜰 저수지에 올라

幾度登臨忽此池 / 기도등림홀차지
屹堤依舊谷風吹 / 흘제의구곡풍취
長看目下佳人屋 / 장간목하가인옥
露結車坪蹇步移 / 노결차평건보이

몇 번을 홀연 이 못에 올랐던가?
둑 위엔 변함없이 골바람이 부는데
한동안 눈 아래 가인의 집을 바라보다가
이슬 맺힌 수레뜰로 무거운 걸음을 옮겼지

無題
무제

重陽空結草 / 중양공결초
一別復難逢 / 일별부난봉
昨夜山陰客 / 작야산음객
今朝栗里翁 / 금조율리옹

중양절에 맺은 헛된 약속은,
일별하니 다신 만날 수 없네
지난 밤 산음의 길손이 바로
오늘 아침 율리 늙은이라오!

次遲月夜

차지월야

斜窓微月寂閨中 / 사창미월적규중
隻影鴦衾絶互通 / 척영앙금절호통
長夜戀心孤敢忍 / 장야연심고감인
崎遙莫到我顔夢 / 기요막도아안몽

창에 비낀 희미한 달빛 적막한 규중에
외로운 그림자 원앙금침 서로 소식 끊어졌네
기나긴 밤 그리운 마음 홀로 감히 참나니
험하고 먼 길 내 얼굴 잊었다면 오지마세요

主日
주일

冬臘宵雖久 / 동납소수구
不如此日長 / 불여차일장
美人無一字 / 미인무일자
回首只東望 / 회수지동망

동지섣달 밤이 길고 길다지만
오늘만큼 길진 않을 겁니다
사랑하는 이 문자도 없고
그저 머리 돌려 동쪽만 봅니다

無題絶句
무제 절구

窃藥月精若 / 절약월정약
偸桃西母然 / 투도서모연
恋情誰是主 / 연정수시주
幸運女神仙 / 행운여신선

불사약 몰래 들고 달나라 간 항아요
복숭아 훔쳐갔던 서왕모이던가
저 애틋한 사랑의 주인은 누구인가
행운의 여신선 이시여

心形

하트

情人與苦在臨瀛 / 정인여고재임영
獨向家鄕步不輕 / 독향가향보불경
手作心形微示客 / 수작심형미시객
雖身未去思同行 / 수신미거사동행

정인을 고통과 함께 임영에 남겨두고
홀로 고향을 향하는 발걸음 무겁구나!
손으로 하트 만들어 살며시 내게 보이고
비록 몸은 못가지만 마음 함께 간다하네

別夜

별야

含淚雙眸思那事 / 함루쌍모사나사
丹脣帶笑欲何言 / 단순대소욕하언
別離當夜或余夢 / 별리당야혹여몽
知否此郞情火煩 / 지부차랑정화번

눈물고인 두 눈동자 무얼 생각 하시나요
붉은 입술 미소 띠고 무슨 말 하고픈가요
헤어지던 그날 밤 혹여 내 꿈 꾸셨나요
이 내 정화의 번민 아는지 모르는지요?

胸火
가슴 불

爲郎胸火滅親消 / 위랑흉화멸친소
還作恋情尤灼焦 / 환작연정우작초
可是佳人心美此 / 가시가인심미차
如何責怨永相包 / 여하책원영상포

님 위해 가슴 불 친히 꺼 주려다가
오히려 사랑으로 더욱 애타게 하네
그녀의 마음이 이렇게 고운데
영원히 감싸야지 어찌 책망하랴!

仙女與樵夫

선녀와 나무꾼

鹿教仙女羽衣亡 / 녹교선녀우의망
應是樵夫得所望 / 응시초부득소망
雖死牡鷄鳴屋頂 / 수사모계명옥정
此人尋恋向她房 / 차인심연향타방

사슴이 선녀의 깃옷 잃게 하여
응당 나무꾼은 소망 이루었지
비록 지붕 위 수탉은 울다 죽겠지만
나는 사랑 찾아 그녀 침소 향하리라

八月十五夜

팔월십오야

今宵海上登明月 / 금소해상등명월
萬里望天共厥時 / 만리망천공궐시
雖各寢床眠亦各 / 수각침상면역각
必逢夜夜夢相期 / 필봉야야몽상기

오늘밤 바다 위 밝은 달이 뜨면
멀리 있어도 그 시각 함께 달을 봐요
비록 각자 침상에서 각자 잠을 자겠지만
밤마다 꼭 만나기를 서로 약속해요!

書爲小姐
서위소저

一笑傾城萬姓煩 / 일소경성만성번
蕙心玉姿斷腸魂 / 혜심옥자단장혼
羞花閉月渾無色 / 수화폐월혼무색
落雁沈魚亦忘言 / 낙안침어역망언

일소에 성이 기우니 만백성 번민하고
비단결 마음 그 자태 넋마저 애끓나니
수화 폐월이 온통 낯빛 무색하고
낙안 침어 또한 할 말을 잊었다오!

醉吟

취음

使鶴迎賓故友家 / 사학영빈고우가
滿開秋菊思君加 / 만개추국사군가
誰言酒是忘憂物 / 수언주시망우물
盡日難尋解語花 / 진일난심해어화

학이 손을 맞아주는 오랜 친구의 집에
가을 국화 만개하니 그대 생각 더 하네요
누가 술이 시름을 잊는 물건이라 했던가?
온종일 말할 줄 아는 꽃을 찾기 어렵거늘!

新年

(신년)

丙戌元旦
병술원단

送年迎丙戌 / 송년영병술
往事感無量 / 왕사감무량

묵은해를 보내고 새해를 맞으니
왕사의 감회는 헤아릴 수가 없구나

日暖烏魂守 / 일난오혼수
月明蟾魄當 / 월명섬백당

해의 따듯함은 까마귀 혼이 지키고
달의 밝음은 두꺼비 넋이 맡았도다

仰天祈五福 / 앙천기오복
俯地賴三光 / 부지뢰삼광

하늘을 우러러 오복을 빌고
땅을 굽어봄은 삼광에 의뢰하네

世路開從此 / 세로개종차
家家萬代昌 / 가가만대창

세상의 길이 이렇게 열렸으니
집집마다 만대토록 번창하리라

丁亥新春吟

정해신춘음

激情丙戌史中移 / 격정병술사중이
春信已來梅瘦枝 / 춘신이래매수지

격정의 병술년 역사 속으로 사라지고
봄소식은 이미 매화 마른가지에 왔도다

臘雪野溪淸水益 / 납설야계청수익
孟陽塵世亂風吹 / 맹양진세난풍취

납설은 들녘 시내에 청수를 더해 주는데
맹양의 티끌세상 어지러운 바람이 분다

于今寶位無奸物 / 우금보위무간물
自古朝廷有俠兒 / 자고조정유협아

이제까지 보위에는 간사한 인물이 없었고
예로부터 조정에는 의로운 자들이 있었네

騷客新年惟願事 / 소객신년유원사
聖君明顯更何思 / 성군명현갱하사

소객이 새해에 오직 바라는 일이 있다면
성군의 명현일 뿐 달리 무얼 생각하리오

謹賀新年
근하신년

己丑元辰日出時 / 기축원신일출시

東天瑞氣大豊期 / 동천서기대풍기

漸明市巷恩光繞 / 점명시항은광요

萬事如希摠得之 / 만사여희총득지

기축년 새해 아침 일출을 바라보니

동녘의 서기가 대풍을 기약하네

점차 밝아오는 거리에 은광이 둘리니

모든 일이 바램대로 다 이루어지리다!

丙申立春
병신입춘

丙申開歲立春時 / 병신개세입춘시
俯仰乾坤瑞氣垂 / 부앙건곤서기수
壽富康寧心祝耳 / 수부강녕심축이
施恩必報只書期 / 시은필보지서기

병신년 해를 여는 입춘의 때에
하늘 땅 온통 드리운 서기를 보며
수복과 부귀강녕을 마음으로 빌 뿐
베풀어주신 은혜 반드시 보답하겠다
그저 글로 약속드릴 따름입니다!

元旦有感
원단유감

未落西山月 / 미락서산월
朝暾出岸高 / 조돈출안고
虛舟風漾漾 / 허주풍양양
流水歲滔滔 / 유수세도도

서산에 달이 지기도 전에
아침햇살 언덕 위에 높이 솟았네
빈 배는 바람에 일렁이고
유수 같은 세월은 도도히 흐른다.

長詩

(장시)

女路
여자의 길

怕恃懷余落俗塵 / 호시회여낙속진
漸增與弟過窮春 / 점증여제과궁춘

어버이 나를 품으시어 세상에 태어나서
점점 늘어나는 동생들과 어려운 나날 보냈지

幼時凍餓難求學 / 유시동아난구학
終日勤勞不濟貧 / 종일근로불제빈

어린시절 헐벗고 굶주리니 학교 갈 수 없었고
하루종일 일을 해도 가난 벗어날 수 없었네

少女芳年逢外子 / 소녀방년봉외자
媤家煩事怨先親 / 시가번사원선친

소녀는 꽃다운 나이에 남편을 만났고
시집살이 괴로워서 선친을 원망했지

豚兒淚盼孤閨寡 / 돈아루혜고규과
息婦憂看病席人 / 식부우간병석인

아들은 울면서 외로운 홀어미를 책망하고
며느리는 걱정하며 병석의 늙은이를 돌보네

昨夜夢中翁婿顯 / 작야몽중옹서현

北邙山上是非掄 / 북망산상시비륜

지난밤 꿈속에 아버지와 남편이 나타나
북망산 위에서 시비를 가리는데

故君若見今生恨 / 고군약견금생한

幽界須收此老辛 / 유계수수차로신

당신이 만약 이승의 한을 보고 계신다면
저승에선 꼭 이 몸의 괴로움 거둬가시오

痛也村婆誹失性 / 통야촌파비실성

哀哉血胤嘆喪神 / 애재혈윤탄상신

통탄스럽다오! 촌년들이 실성했다고 헐뜯고
서럽다오! 자손들은 정신을 놓았다고 탄식하는데

通宵濕枕無量數 / 통소습침무량수

自責歸依物祖仁 / 자책귀의물조인

밤을 새워 적신 베개는 셀 수조차 없지만
자책하며 하늘의 뜻대로 돌아가려 하오
 뇌경변으로 8년을 병석에 누워 계신 어머니께서
이젠 노망까지 나셔서 못난 자식을 슬프게 합니다.

여로(女路)

빠알간 핏덩이로 세상에 태어나서
사랑채 솜틀소리 자장가 노래 삼아
안아 줄 사람 없이도 혼자 잘도 노닌다.

눈을 뜨니 동생들은 어느새 여섯 명
싸리나무 꺾어서 귀에 걸어 입에 물고
아버지 흉내를 내며 어린 가슴 울리네.

거리엔 만세 소리 말발굽 흙먼지에
온종일 들려오는 히로히토 울음소리
신랑은 뙤약볕 아래 난장 포목 거둔다.

끊어진 한강 다리 늘어선 피난 행렬
이고 진 살림살이 지게 위엔 네 살배기
사흘을 걷고 또 걸어 홀시어미 만났네.

물건 할 돈 조금 꺼내 어린 동생 학비 주고
서방님 호통 속에 밤을 새워 눈물짓고

싸늘한 새벽닭 울음 가마솥엔 아욱죽

젖먹이 막내아들 가마솥에 자 빠져서
온몸에 붕대 감아 등에 업고 달래는데
어미는 불쌍해 울고 아기는 아파 우네.

군량들 탐이 나서 다랭이논 팔랬더니
남편은 쌀을 사서 방앗간에 맡기고는
아뿔싸 화염에 싸여 재가 되고 말았네.

군대 간 장남 위해 긴 머리를 잘라 팔고
우체국 소액환을 등기로 부쳤는데
대문간 우편함에는 파월장병 격려문

둘째 아들 월급봉투 고스란히 받아들고
작은딸 교복사니 남은 돈은 달랑 천원
수업료 실랑이 속에 객식구는 술을 찾네.

총각인 줄 알았더니 딸 있는 홀아비요.
자상한 줄 알았더니 뺑덕어미 성질이라
함께한 오십년 세월 피눈물을 흘렸소.

웬수를 사별하니 오히려 살맛나고

육 남매 혼사시켜 자식 덕을 볼랬더니
어느 날 찾아든 병에 운신조차 벅차네.

말없이 며느리는 기저귀를 갈아주고
이부자리 밀쳐놓고 밥상을 들이는데
공연히 심술이 나서 머리채를 낚는다.

큰아들이 보고파서 온종일 불러보고
말동무 그리워서 창밖을 바라보니
먹구름 세찬 비바람 오 갈 길을 끊는다.

자식은 야속하게 늙은이 입을 막고
이웃집 여편네는 노망이라 수군수군
가련한 이내 신세는 뉘로 하여 벗할까.

원망은 절망되고 시름은 恨이 되어
어버이 누워 계신 고향 땅을 그리는데
어즈버 병든 이 몸은 지팡이도 괄시하네.

送任興完面長

송 임흥완 면장

自古吾儒 送善政者 以賦詩頌德 其間功勞致謝也
何如 雖吾文苟拙 然任公赴任 於甘谷面長 以來
早作而夜思 勤力而勞心 年中無休 出勤 而常察
民心 以竭力面長職分矣 其功跡甚大也無數矣
故敢揮鈍筆 作詩如左記 欲報其恩德而已也

예로부터 우리선비들은 선정자를 보낼 때 시를 지어
덕을 기리고 그간의 공로를 치사했습니다.
하여 비록 내문장이 졸하나 임공께서 감곡면장으로
부임하신 이래로 새벽부터 밤늦게까지 정신적 육체적으로
애쓰시며 일년내내 하루도 쉬지 않고 출근하시어 늘 민심을
살피시며 면장의 직분을 다하셨으니 그 공적이 심히 크고
무수하여 감히 서툰 글로 아래와 같이 시를 지어 그 은혜와
덕택에 보답하고자 할 따름입니다.

任公官路幾經年 / 임공관로기경년
夙夜惟思面政先 / 숙야유사면정선

임공께선 공직의 길에서 몇 해를 보냈는가
밤낮으로 오직 면정을 먼저 생각하셨네

洞口新粧增福利 / 동구신장증복리
街頭美化倍商權 / 가두미화배상권
동구를 새롭게 단장하여 복리를 증진하고
시가지를 정비하여 상권을 배가했네

爲民奉仕須仁重 / 위민봉사수인중
與世推移尙義全 / 여세추이상의전
면민 위한 봉사는 모름지기 인을 중히 하고
세상 추이를 따르면서도 의를 온전히 했네

賢者退休哀且惜 / 현자퇴휴애차석
吾文雖拙敢書傳 / 오문수졸감서전
현자가 퇴직하여 물러남이 슬프고 또 아쉬워서
내 문장이 비록 졸하지만 글로 써서 전합니다

任興完面長 今雖退職 以其熱情 牽引地域發展 吾等信之
임흥완 면장께서 이제 비록 퇴직하시지만, 그 열정으로
지역발전을 이끌어 주시리라 우리는 믿습니다.

壬辰 夏日 麟山 慶斗秀 拜

守拙齋重修記幷書
수졸재중수기병서

漢南錦北一脈 / 한남금북일맥

한남 금북의 한 줄기가

遭遇鷹渼兩川 / 조우응미양천

청미 응천 두 물을 만나

而止千里行龍 / 이지천리행룡

천리행룡을 멈추고

渴飲自點洑水 / 갈음자점보수

자점이 보에서 목을 축인다!

山雖不高 使鶴迎客 / 산수불고 사학영객

산은 비록 높지 않아도 학으로 하여금 손을 맞이하고

水亦不深 潛龍游川 / 수역불심 잠룡유천

물 또한 깊지 않지만 잠용이 내에서 노닐며

況又洞名 元堂龍頭 / 황우동명 원당용두

게다가 동명이 으뜸 집터 용머리라

豈山無名 水無靈乎 / 기산무명 수무령호
어찌 산이 무명하고 물이 신령치 않다 하리요!

形勝家基 退柱擴室 / 형승가기 퇴주확실
훌륭한 터에 기둥 물리어 집 넓히고

從追舊法 整立棟宇 / 종추구법 정립동우
옛법 따라 마룻대 추녀 바로 세우니

雅淡瓦壁 古色大觀 / 아담와옥 고색대관
아담한 기와와 벽 예스런 풍치 볼만하고

翼然甍桷 似畵一幅 / 익연맹각 사화일폭
나는 듯한 용마루와 서까래 한 폭 그림이로다!

如此美重修古宅 / 여차미중수고택
이처럼 곱게 고택을 중수하여

其室名號守拙齋 / 기실명호수졸재
그 이름을 수졸재라 함은

主人雅號亦痴軒 / 주인아호역치헌
주인 아호 또한 치헌이라

所以自卑之名也 / 소이자비지명야
겸손하게 지은 이름인 까닭이니

可知淸高之德矣 / 가지청고지덕의

가히 주인의 청고지덕을 알겠구나!

乃賦詩五律賀曰 / 내부시오율하왈

이에 오언율시로 하례하여 가로대

守拙齋重樹 / 수졸재중수
堂中瑞氣流 / 당중서기류

수졸재 새로이 고쳐 세우니,
집안에 서기가 흐르는구나!

山雖低鶴迓 / 산수저학아
水亦淺龍游 / 수역천용유

산은 비록 낮아도 학이 마중하고,
물도 깊지 않지만 용이 노닌다네.

知己續絃處 / 지기속현처
遠朋看冊樓 / 원붕간책루

지기가 거문고 줄을 이은 곳이요,
멀리 벗이 책을 읽는 집이로다.

功名君不願 / 공명군불원
此外復何求 / 차외부하구

공명을 그대 원하지 않았거늘,
이 밖에 다시 무엇을 구하리오!

辛丑立春之節 心祝 痴軒之守拙齋重修

宋詞

(송사)

敬次陸毛之卜算子詠梅韻
삼가 육유와 모택동의
복산자영매 운을 빌려 쓰다

雪裏一枝花 (설리일지화)

騷墨皆應主 (소묵개응주)

已是塵還後世榮 (이시진환후세영)

勿苦風和雨 (물고풍화우)

눈 속에 핀 매화는 응당 시인묵객 모두 주인이지요.
이미 티끌이 되어 버렸어도 후세에는 다시 꽃 되리니,
비바람에 괴로워 마오!

憂樂士精神 (우락사정신)

豈布春來報 (기포춘래보)

天下猶寒獨自開 (천하유한독자개)

范老難欣笑 (범로난흔소)

우락은 선비정신이거늘, 어찌 봄이 왔다 선포하시었소?
천하가 여전히 찬데 저 혼자 피었으니,
범중엄이 흔연히 웃긴 어렵겠소!

宋詞卜算子詠梅 雙調四十四字中 上片二十二字次陸游詠
梅詞韻
下片二十二字次毛澤東主席韻 各各反其意而用之

송사 복산자 영매 쌍조 44자 가운데 상편 22字는 육유(陸游)의 글에서
主와 雨를 차운하고, 하편 22자는 모택동(毛澤東)의 글에서 報와 笑를
차운하여 각각의 글을 활용해서 그들과는 서로 반대되는 의견을 냈다.

　역참 밖 끊어진 다릿가에 핀 매화는 복산자 영매로 인하여
다른 어떤 매화보다도 유명해졌으니 그 매화의 주인은 육유
가 될 것이다. 그러므로 시인묵객이 눈 속에 피어난 매화를
노래하고 철골추조의 강인한 정신을 그렸으니, 마땅히 그들
도 매화의 주인이라 할 것이며, 꽃이 떨어져 흙이 되고 짓밟
혀 티끌이 되는 것은, 씨가 되어 땅속에 뿌리를 내리고, 다
시 아름다운 꽃으로 피어나기 위한 과정이므로, 비바람에
괴로워 말라는 위로와 함께 무참히 짓밟혔던 육유의 고고한
절개 또한 오늘날 만인이 우러르고 있음을 고했다.
　하편은 모택동의 혁명이 과연 글에서 보여준 것처럼 범중
엄(范仲淹)이 악양루기에서 밝힌 선우후락(先憂後樂)의 정
신에 진실로 부합했는지를 따져 물었다.
　두 사람이 만들려던 세상을 상상하며, 유토피아의 지리적
문화적 한계를 초월한 진정한 이상세계로 인류를 영도할 미
증유의 불편부당한 지도자상을 그려본다.

諺解文

(언해문)

忍菴 金在赫 墓碣銘
崔益鉉 撰
(인암 김재혁 묘갈명 최익현 찬)

維忠州沙亭 負丑四尺 而封者 近故忍菴金公 衣履之藏也
유충주사정 부축사척 이봉자 근고인암금공 의리지장야

충주 사정에 축좌로 사척 봉분에 장사지내고 근처에 공의 유품을 모아
보관하였다.

公諱在赫 字明夫 以健陵 癸丑生 生八十三年 乙亥 用優老
典陞 通政大夫 僉知中樞府事 蓋亦三代 尙齒之遺法也
공휘재혁 자명부 이건릉 계축생 생팔십삼년 을해 용우로전
승 통정대부 첨지중추부사 개역삼대 상치지유법야

공의 휘는 재혁, 자는 명부이시며, 건릉계축(1793 정조17) 생이시다.
83세 되시던 을해년(1875) 학문과 덕행이 높은 80세 이상의 노인을
우대하는 전법에 따라 통정대부 첨지중추부사의 품계가 하사되니, 그것
또한 3대가 어른을 공경하는 선인들의 법도를 전하고 따른 까닭이리라.

公早孤事母孝 晨暮枕席 朝夕滌瀡 躬親服勞不以委人
공조고사모효 신모침석 조석척수 궁친복로불이위인

공은 일찍이 아비를 여의고 모친을 효성으로 모시며 새벽과 저물녘엔
잠자리를 살피고 조석으로 모친의 입맛을 살피며, 몸소 봉양을 위한
수고로움을 남에게 맡기지 않으셨다.

奉先有誠 忌日多在 夏月果品魚需別封貯于淨處 時加檢省
不至餒敗 遠近先塋 必置仍一

봉선유성 기일다재 하월과품어수별봉저우쟁처 시가검성 부
지뇌패 원근선영 필치륵일

선조를 정성으로 받드셨으며, 많은 기일에 대비하시어 여름 과일과 어류를
별도로 봉하여 깨끗한 곳에 보관하고 때때로 그것을 살피니 부패하는 일이
없었으며, 원근의 선영에는 반드시 여분으로 하나를 더 두었다.

少而失學 晚好讀書 又知 功令外 有用心處 杜門誦念 斂華就實

소이실학 만호독서 우지 공령외 유용심처 두문송념 염화취실

소시에는 배움의 기회를 잃었지만, 만년에는 책읽기를 좋아하셨으며
또한 과거공부 외에도 마음을 써야 할 곳이 있다는 것을 아시고,
두문불출 묵상하시며 겉치레를 지양하고 내실을 기하셨다.

不以耳目之所 不聞睹事物之末 及應接

불이이목지소 불문도사물지말 급응접

직접 보고 들은 바가 아니면 사물의 지엽적인 부분은 보지도 듣지도,
어울려 접하지도 않으셨다.

而或弛其警戒存養之工 嘗言爲人 底節目準則 不越乎小大
學中庸 及程朱諸書

이혹이기경계존양지공 상언위인 저절목준칙 불월호소대학
중용 급정주제서

혹시라도 경계와 존양의 공부에 나태해지면 소학 대학 중용 및
정주학의 모든 서책에서 사람을 위한 조목과 준칙을 철저히
음미하시며 그 가르침에서 벗어나지 않으셨다.

求則得之 舍則失之 若但剽竊 雕飾於文辭 記誦之間而已 則
抑末也

구칙득지 사칙실지 약단표절 조식어문사 기송지간이이 칙
억말야

만약 문사를 과장되게 묘사하고 표절한 것은 단지 그것을 기억하여
암송하는 동안 분수에 맞게 취하고 버릴 따름이셨으니, 곧 지엽적인
것을 억제하시었다.

將何以治心修身 而不失聖賢教人之至意也 是以終身窮約
瓶缸無貯而處之

장하이치심수신 이불실성현교인지지의야 시이종신궁약 병
항무저이처지

장차 마음을 어떻게 다스리실까, 몸을 닦으시며 성현께서 인간을
교화하신 지극한 뜻을 잃지 않으셨다. 이런 까닭에 평생 궁핍하게
사셨으니 병과 쌀 항아리는 담긴 것 없이 비어 있었다.

晏如惰慢 邪僻不設於身體 市井鄙俚不接於心 術乘志恬淡
臨事詳緩

안여타만 사벽불설어신체 시정비리부접어심 술승지념담 임
사상완

태연자약하시어 게으르고 거만한 것 같지만, 사악하고 편벽한 마음을
몸에 두지 않으셨으며, 저자거리의 더럽고 속된 것을 접하지 않으셨고,
역사적 사실의 기록에는 사심 없이 담백하게 찬술하셨으며, 일에
임하시면 자상하고 부드러우셨다.

母夫人年九十一而終 公亦六十餘矣 衰境執禮 不脫絰帶 展
墓無間風雨手不釋卷 老而呆篤 蓋其開端 於梅山

모부인년구십일이종 공역육십여의 불탈질대 전묘무간풍우
수불석권 로이미독 개기

모친께서 91세에 별세하시니 공 또한 60여 세의 고령임에도 상례를
집행하심에 상복의 띠를 풀지 않으셨으며, 묘를 둘러볼 때 비바람이
몰아쳐도 잠시도 손에서 책을 내려놓지 않으셨다. 늙으면서 덕이 더욱
깊어지신 것은 아마도 공께서 매산 선생 문하에서 공부를 시작하셨기
때문일 것이다.

金公在範 而傳習眞實之力 不可誣也 金氏我東名族 炳然事
蹟 載在史乘 不須譜也

김공재범 이전습진실지력 불가무야 김씨아동명족 병연사적
재재사승 불수보야

공의 스승이신 매산 김재범 선생은 전래의 진실한 힘을 배우고
익혀 속일 수가 없었다. 김씨는 우리 동방 명족이다. 빛나는 사적이
역사서에 실려 있어 족보도 필요치 않을 것이다.

曾大父尚行 大父亨宇 父鳳瑞 母忠州朴氏 訥齋祥後 夫人江
華崔氏 考爆 先公卒 葬同塋

증대부상행 대부형우 부봉서 모충주박씨 눌재상후 부인강
화최씨 고경 선공졸 장동영

증조부는 상행이요, 조부는 형우요, 부친은 봉서이며, 모친은 충주
박씨 눌재 '상'의 후손이다. 부인은 강화 최씨 '경'의 딸이시니 공보다
먼저 졸하시어 함께 선영에 모셨다.

二男二女 男履鉉 次觀鉉 女適 韓泰會 申泰永 履鉉三男 永
祜 永植 永相 觀鉉一男永純 永祜一男泰洙 永植一男益洙
永相三男 皆幼 永純 二男奎洙 餘幼

이남이녀 남이현 차관현 녀적 한태회 신태영 이현삼남 영호
영식 영상 관현일남영순 영호일남태수 영식일남익수 영상
삼남 개유 영순 이남규수 여유

2남 2녀를 두셨으니 장남은 이현, 차남은 관현이며, 두 딸은 한태회
신태영과 결혼했다. 이현은 3남을 두었으니 영호 영식 영상이다.
관현은 아들 하나 영순을 두었고, 영호는 1남 태수를 두었으며, 영식은
1남 익수를 두었고, 영상은 3남을 두었지만 모두 어리다. 영순은
2남을 두었으니 장자가 규수이며 나머지는 어리다.

永植好問 勸學士友 多推童子 賤之 爲君子 豈無所以遂爲之
영식호문 권학사우 다추동자 천지 위군자 기무소이수위지

영식은 묻기 좋아하고 사우들에게 학문에 힘쓸 것을 권하였으며 많은
어린아이를 추천하여 천함을 벗고 군자가 되도록 하셨으니, 어찌
그것이 까닭 없이 이루어졌겠는가!

銘曰 명왈

묘갈명에 이르노니,

金出光山 王謝其儔 김출광산 왕사기주

광산 김씨는 왕사의 후손처럼 대대로 훌륭한 인재들을 배출한
명문거족이로다!

文敬宜菴 克述箕裘 문경의암 극술기구

문경공과 의암 선생께선 극진히 가업을 펼치셨고,

亦粤自菴 己卯善類 역월자암 기묘선류

또한 자암 선생께선 기묘사화 명현일세.

公襲前休 質美好學 공습전휴 질미호학

공께서 선인의 훌륭한 법도를 따르시어 바탕이 아름답고 학문을
좋아하심은

于何開端 梅翁是則 우하개단 매옹시칙

어디에서 시작 되었는고, 매산 선생 가르침을 본받았도다!

仁而得壽 晚侈緋玉 인이득수 만치비옥

어질고 장수하시어 만년에 당상관 관복을 하사 받으시고,

蘭玉停峙 蓁蓁芾祿 난옥정치 진진불록

훌륭한 자제 높은 곳에 오르니, 무성한 복록이여!

視履考祥 天報靡忒 시리고상 천보미특

지나온 자취를 보며 상서로움을 살필 제 하늘의 보답은 어김이 없네.

我闡厥幽 揭此貞石 아천궐유 게차정석

공의 그윽한 덕을 밝히어 이 아름답고 단단한 돌에 새겨 올리노라.

壬寅菊秋 資憲大夫 工曹判書 兼知經筵義禁府春秋館 成均
館事 月城 崔益鉉 撰
임인국추 자헌대부 공조판서 겸지경연의금부춘추관 성균관
사 월성 최익현 찬

임인년 국화의 계절 가을에 자헌대부 공조판서 겸 지경연
의금부춘추관 성균관사 월성 최익현 찬하다.

戊戌盛夏 麟山 慶斗秀 諺譯

三一祠講堂記 代
族姪 定鉉 作
삼일사강당기 0대 족질 정현 짓다

會寧 古 東沃沮也 其地窮髮也

(회녕 고 동옥저야 기지궁발야)

회령은 옛 동옥저이다. 그곳은 초목이 자라지 않는 북쪽 땅이다.

其氓皮服也 其食宜黍 其屋以樺

(기맹피복야 기식의서 기옥이화)

그 백성은 가죽 옷을 입었고, 기장을 먹었으며, 집은 자작나무로
지었다.

其業惟弓馬 是尙誠北方之强者也

(기업유궁마 시상성북방지강자야)

오직 활과 말로써 업을 삼았으니 진실로 북방의 강자로 숭상받았다.

一有豪傑之士 出於其間 則又被了功令引去

일유호걸지사 출어기간 즉우피료공령인거)

어떤 뛰어난 선비 하나가 그 기간 그곳에서 났다면, 공령에 의하여
끌려갔을 것이다.

徒能讀東人詞賦 其於天敍民彝

(도능독동인사부 기어천서민이)

그저 조선의 사와 부를 읽을 수 있다고 해서 그들에게 하늘의 이치와 백성의 떳떳함을 알고 있다고는 못하리니,

烏有 能聞而知之 講而得之者哉 由是也 貿貿焉 蠢蠢焉 殆 將 幾十百年
(오유 능문이지지 강이득지자재 유시야 무무언 준준언 태장 기십백년)

들을 수 있다 하여 어찌 천서민이를 알 수 있을 것이며, 강학으로 그것을 얻겠는가! 이로 말미암아 그들의 어리석고 미련함은 앞으로도 몇 천년 이어졌을 것이다.

屬當肅廟朝 己巳 凶人 大運 黯 等 謀廢坤殿 構殺
(속당숙묘조 기사 흉인 대운 암 등 모폐곤전 구살)

숙묘조 기사년에 흉인 영의정 권대운(權大運)과 우의정 민암(閔黯) 등이 허위사실을 날조하여 인현왕후를 폐하려고 모의했다.

尤翁時 則有若我先祖直齋先生 先參陽谷之戯 繼訟師門之冤
(우옹시 즉유약아선조직재선생 선참양곡지화 계송사문지원)

우암선생께서 살아 계실 때, 나의 선조 직재 선생께서는 아마도 양곡지화(인현왕후 폐위를 반대하던 양곡 오두인,이세화 등이 장형을 당하고 유배도중 사망하는 사건)에 먼저 참여하시고 스승의 원통함에 대한 송사를 이어가셨을 것이다.

被嚴旨竄配于此 盖先生事君 事師之義 固已日星乎中天 而 居謫五載
(피엄지찬배우차 개선생사군 사사지의 고이일성호중천 이

거적오재)

그런 까닭에 왕명으로 이곳에 유배되시니 대개 직재선생의 임금과
스승을 모시는 의리가 본시 하늘 한가운데 해와 별 같으셨던 까닭으로
귀양살이가 5년이나 이어졌다.

學徒坌集 先生牗之 以性命導之 以節文 諄諄勉勉 仍其材
而篤之
(학도분집 선생유지 이성명도지 이절문 순순면면 잉기재 이
독지)

유배지에 학도들이 무수히 모여들었고, 선생께서 성과 명으로써
그들을 이끌어 깨우쳐 주시니, 예절에 관한 규정을 순순히 힘써
배움으로 인하여 동량으로 길러졌다.

於是 北俗丕變 始知天敘民彝 不外乎日用 而功令擧業落爲
第二件
(어시 북속비변 시지천서민이 불외호일용 이공령거업락위
제이건)

이에 그곳 풍속이 크게 변하고, 비로소 천서민이가 일상생활 밖에 있지
않다는 것을 알게 되었으나, 법령에 의하여 과거에 입격치 못한 예가
두 건이었다.

式至今 絃誦洋洋 風流篤厚 君子之所存所過 若是其神且化矣
(식지금 현송양양 풍류독후 군자지소존소과 약시기신차화의)

오늘날에 이르기까지 부지런히 학문을 닦고 교양을 쌓아 풍류가
돈독해지니 군자가 지나가면 교화되고, 머물면 신묘함이 깃드는
듯하였다.

余以不肖 無狀猥沾先蔭 丁未夏 來守是邦 訪問先生鵬舍舊
墟 則祠 是時適成院宇
(여이불초 무상외첨선음 정미하 래수시방 방문선생복사구
허 즉사 시시적성원우)

나는 선조를 닮지 못하고 아무런 공적 없이 선조의 음덕에 누만
더하다가, 정미년 여름 이 고을 수령으로 부임하여, 선생께서 귀양살이
하시던 유허를 찾아, 이때 마침 완성된 서원사우에서 제를 올렸다.

凡幾楹講堂 又幾楹版位 以妥之 俎豆以饗之 命名曰 三一祠
(범기영강당 우기영판위 이타지 조두이향지 명명왈 삼일사)

대체로 몇개의 기둥으로 세워진 강당에 또 몇개의 기둥을 더하여
위패를 모셨는데, 제향에 알맞도록 하여 삼일사라 명명하였다.

嗚呼 高山景行 孰不仰止 二三子之用心殫力 可謂勤矣
(오호 고산경행 숙불앙지 이삼자지용심탄력 가위근의)

아아! 고산경행을 누가 우러러 사모치 않으리오. 원우 건립에 몇
사람이 마음을 쓰고 힘을 다하였다니, 가히 수고로웠다 이르노라!

雖然 亦有一言 可以相勉者 夫祠之興廢 在先生固無損益 而
在北儒 且觀終始
(수연 역유일언 가이상면자 부사지흥폐 재선생고무손익 이
재북유 차관종시)

비록 그러하나 또한 한마디 말이 있으니 서로 힘씀으로써, 무릇 원우의
흥폐가 선생의 손익과 무관하게, 이곳 북쪽 유생들에게 달렸으니 다시
시작과 끝을 살필지니라.

則衛護之道 不在勤慢 在於講學 請以三一之義 申以明之
(즉위호지도 부재근만 재어강학 청이삼일지의 신이명지)
곧 원호를 지키고 돕는 길이 부지런함과 태만함에 있지 않고 강학에
있으니 청컨대 삼일의 뜻으로써 그것을 밝게 펼치라.

自生民 以來師弟子之道缺 則父子之倫 不能全 君臣之義 不
能明 所以事之者 未之有殊也
(자생민 이래사제자지도결 즉부자지륜 불능전 군신지의 불
능명 소이사지자 미지유수야)
백성으로부터 스승과 제자의 도가 무너진 이래로 부자의 인륜이
온전할 수 없었고, 군신의 의가 밝을 수가 없었으니, 섬기는 것이
특별함에 있는 것이 아닌 까닭이다.

師將食攝袵 進膳左酒右醬 先菜羹 而後鳥獸魚鼈 反已食 趨
走進漱 此弟子饋饌之儀也
사장식섭임 진선좌주우장 선채갱 이후조수어별 반이식 추
주진수 차제자궤찬지의야)
스승께서 식사를 하시려거든 제자는 옷깃을 바로하고 술과 장을
좌우로 하여 찬을 올리고 먼저 나물국을 올린 후에 조수어별 같은 찬을
올린다. 식사를 마치시면 재빨리 양치할 물을 올린다. 이것이 제자가
밥과 찬을 올리는 의례이다.

實水于盤 旣入戶 執帚下箕 播諸水 自奧而始 俯仰磬折 旣
拚 乃退所掃之 塵聚於戶內 此弟子 灑掃之儀也
(실수우반 기입호 집추하기 파제수 자오이시 부앙경절 기
분 내퇴소소지 진취어호내 차제자 쇄소지의야)

대야에 물을 담고 문으로 들어가서 빗자루를 잡고 쓰레받기를
내려놓고 아랫목에서부터 물을 여기저기 뿌리는데 경쇠처럼 허리를
굽혀 일을 한다. 청소를 다 했으면 물러나와 쓸어낸 방안의 먼지를 문
안에 모아두니 이것이 제자가 물 뿌리고 쓰는 의례이다.

昏則偶坐 右手執燭 左手正櫛 火將盡 更以新燭承 其火前
執燭者 取其櫛 而出棄後 執燭者 候其墮 而入代 此弟子 執
燭之儀也
(혼즉우좌 우수집촉 좌수정즐 화장진 갱이신촉승 기화전 집
촉자 취기즐 이출기후 집촉자 후기타 이입대 차제자 집촉지
의야)

저녁에는 마주앉아 오른손에 횃불을 잡고 왼손으로 재를 정리한다.
불이 꺼지려면 다시 그 불 앞에 새로운 횃대에 불을 붙인다. 횃불을
잡은 자는 그 재를 모아서 내다 버린 뒤에 횃불을 잡은 자가 피곤하면
교대한다. 이것이 제자가 횃불을 잡는 의례이다.

惟其如是也 故有曰 服勤至死 又曰心喪三年 然則能修弟子
之職
(유기여시야 고유왈 복근지사 우왈심상삼년 연즉능수제자
지직)

오직 스승을 섬기는 바가 이와 같으니 고로 죽음에 이를 만큼 부지런히
하라는 말이 있고. 또 가로되 마음으로 삼년상을 치르듯 하면 능히
제자의 직분을 닦을 수 있을 것이라 하였으며,

而不能修 父子之倫者 識寡矣 能修父子之倫 而不能修 君臣
之義者 亦寡矣

(이불능수 부자지륜자 식과의 능수부자지륜 이불능수 군신
지의자 역과의)

능히 부자지간의 인륜을 닦지 못한 자는 식견이 없을 것이며, 능히
부자지륜을 닦고 군신의 의를 닦지 못한 자 또한 없으리라 하였다.

吾先祖 事師之儀 縱不及見 而亦從這裏上做工夫
(오선조 사사지의 종불급견 이역종저리상주공부)

나의 선조께서 스승을 섬기신 예절에 비록 미치지는 못할지라도,
이 속의 뜻을 좇아 공부하라.

故如彼卓卓 而又推 其餘使北方學者 粗知 天敍民彝之 不可
誣 而變其窮髮 皮服之俗焉
(고여피탁탁 이우추 기여사북방학자 조지천서민이지 불가
무 이변기궁발 피복지속언)

고로 저처럼 우뚝해도 또 밀쳐나갈 것이며, 그 나머지는 북방 배우는
자들이 천서민이의 거짓 없음을 대략 알게 하여, 초목이 자라지 않는
북쪽 땅에서 짐승가죽 옷을 입고 사는 풍속을 변화시키는 것이다.

今日之入斯院 登斯堂者 顧其名 思其義 講究乎
(금일지입사원 등사당자 고기명 사기의 강구호)

오늘 이 서원에 들어와서 강당에 오르는 자, 직재 선생의 이름을
돌아보고 그분의 뜻을 생각하며 무엇을 강구하는가?

事師之道 則其於羽翼 斯文衛護院宇也 何有二三子勉之哉
(사사지도 즉기어우익 사문위호원우야 하유이삼자면지재)

스승을 섬기는 도리가 성숙되는 것이 우리 유도가 원우를 지키고
보호하는 길일지니, 어찌 몇 사람 노력으로 그러함이 있겠는가!

※ 三一祠(삼일사)라 명명한 깊은 뜻을 유추하였다.

함경도 회령은 이민족이 뒤섞인 변방으로 문화적 이질감이 상당하여 조정에서 그들을 다스리는데 많은 어려움이 있었을 것이다. 그럴 즈음 직재 선생께서 그곳에 유폐되시어 강학을 베푸시니, 수많은 학도들이 몰려들었고 예절교육을 통하여 그곳 풍속이 아름답게 변했으며, 더하여 그 백성들이 나라를 위한 동량으로 육성되었다. 이에 회령의 유생들이 직재 선생을 기리기 위한 원우를 건립하기에 이르렀던 것이다.

三一은 셋이 하나라는 뜻으로, 사전적 의미는 천일(天一) 지일(地一) 태일(泰一)의 삼신(三神)을 말하고, 또는 천(天) 지(地) 인(人)의 기본이 되는 태극(太極)의 기(氣)를 말하기도 한다. 상고시대에는 三一철학에 따라 강역을 셋으로 나누어 다스렸는데, 이를 삼한관경(三韓管境)이라 한다. 셋이 하나인 삼한관경은 공간적으로는 동북 간(艮)의 방위이고 시간적으로는 입춘(立春)의 절기이다. 선인들은 우리나라의 지리적 위치가 중국을 중심으로 동북 간방이라 하였는데, 주역에서 간괘(艮卦)의 특징은 시작과 끝(終始)이라는 양면성이다. 태극에서 출하여 태극의 모습을 하고 있으니 소우주인 사람이며, 창조주가 임하는 자리라고도 한다. 하늘이 사람이 되고 사람이 하늘이 되는 자리가 바로 동북 간(艮)이다.

三一이란 원우명은 우리민족의 이러한 천지인사상에서 취했을 것이다. 우주의 움직임을 아는 하늘(天)사상에 도가 담겨있고, 자연의 이치를 아는 지혜로 덕을 쌓는 의식은 땅(地)에서 나온 것이며,

도와 덕을 겸비한 사람(人)은 겸손한 예(禮)를 갖추게 되고 그런 사람이 홍익인간(弘益人間)의 사상을 펼쳐서 단군의 건국 이념인 재세이화(在世理化)가 충족된 이화세계(理化世界)를 완성한다는 뜻이다.

본문에서 여러번 강조한 天敍民彝(천서민이)란, 하늘이 베풀어 법(法)을 두었으니 백성은 사람이 지켜야 할 떳떳한 도리를 다하여야 한다는 뜻이다.

결론적으로 삼일사라고 명명한 것은 회령의 백성들이 하늘의 이치(天敍)를 알고, 사람으로서 떳떳한 도리(民彝)를 다하여, 삼한관경에서 함께 살 수 있도록 교화한다는, 직재 선생의 높고도 깊은 뜻을 담았다고 할 것이다.

※ 三一祠講堂記(삼일사강당기)를 撰述(찬술)한 族姪(족질) 李定鉉(이정현)이 丁未(1847년) 夏(여름) 會寧府使(회령부사)로 부임하였다는 본문의 내용은 승정원일기에서 확인하였다. 李定鉉(이정현)은 綾原大君(능원대군) 俌(보)의 5대손이다.

※ 위의 삼일사강당기는 1888년 간행된 李周冕(이주면, 1795~1875)의 시문집 至樂窩遺稿(지락와유고)에 실린 것을 발췌하였다.

麟山 慶斗秀 註

橄菴尹公墓表

감암 윤공 묘표

吾友省齋翁 謹嚴於人 少許可其曰
오우성재옹 근엄어인 소허가기왈

나의 벗 성재 옹은 남에게 근엄한데 감암 공께 곧 마음을 열고
말하기를

行年今七十 眞腴潤四支 행년금칠십 진유윤사지
再拜題堂額 斯翁是我師 재배제당액 사옹시아사

살아오신 햇수가 올해 칠십인데, 참으로 살지시고 사지가 빛나시네.
재배하고 감암 현판을 쓰노라니, 이 어른이 바로 내 스승이로다.

乃贈橄菴尹公詩也 내증감암윤공시야

그리고는 감암 윤공께 드린 시이다.

公少業公車不售有司 晚而歛退專心古道 淡泊於聲色臭味
之欲 功嚴乎人
공소업공차불수유사 만이감퇴전심고도 담박어성색취미지
욕 근엄호인

공은 어릴 때 관직에 뜻을 두었지만 관리가 되지 않고 노년에 옛
도를 공부하는데 전념했다. 성색취미 욕심이 없으시고 남에게 매우
엄밀하셨다.

獸夷夏之別固守東崗 沒齒無悔 則宜其爲道者 所歛衽起 敬
而不容己也

수이하지별고수동강 몰치무회 칙의기위도자 소감임기 경이
불용기야

오랑캐와 중화(中華)를 구별하고 산수자연을 즐기며 삶에 후회가
없도록 마땅히 그것을 도(道)라는 것으로 삼을 것이지만, 공은 옷깃을
여미고 일어나 삼가고 그러시지 않았다.

公諱秉義 字慶春 蚤喪怙恃 事所后如 所生左右 服勤務悅其心

공휘병의 자경춘 조상호시 사소후여 소생좌우 복근무열기심

공의 휘는 병의요 자는 경춘이다. 일찍 부모를 여의고 조상의 이름을
드러나도록 섬겨야 함이 부모가 낳아주신 은혜에 보답하는 바이니,
그것을 마음으로부터 기쁘게 힘써 따르시었다.

初授范睢傳 口吃 不能屬一字 衆譏其鈍根 難以責效 公若無
聞輒發憤

초수범휴부 구흘 부능속일자 중기기둔근 난이책효 공약무
문첩발분

처음 범저열전을 배우시고 말을 더듬어서 한글자도 엮지 못하시어
여러 사람들이 우둔함을 비웃으니 배움에 보람을 얻기가 어려웠으나,
공은 못들은 척 오로지 분발하여

誦念窮晝夜 不倦如是數年 文理沛然 至經史諸家迎刃而觧
無所礙滯 恒言初學 治心如防大澤

송념궁주야 불권여시수년 문리패연 지경사제가영인이선 무
소애체 항언초학 치심여방대택

경전을 밤낮으로 외고 읽으시며 몇 년을 게으름 피지 않으셨으니,
문리가 터지고 경사와 제자백가를 막힘없이 이해하기에 이르시고
걸리고 막히는 바가 없으셨다. 처음 학문을 배우실 때, 늘 큰물을 막는
것처럼 마음을 다스린다 말하시며,

須十分猛着力築堰牢 固庶見其狂瀾止息一箇鑑面 天然自
圓 苟或不然 隨防隨壞 終没成功
수십분맹착력축언뢰 고서견기광란지식일개감면 천연자원
구혹불연 수방수람 종몰성공

모름지기 둑과 우리를 쌓듯이 십분 맹렬하게 힘을 다하시니, 무릇
광란이 하나의 거울 면처럼 멈추어 잔잔해지고 단단해졌다. 꾸밈없고
원만하셨으니, 진실로 그렇게 하지 않았다면 막히고 불우하여 끝내
성공하지 못하셨으리라.

又謂言之於口 不若體之於身 又不若盡之於心 發爲歌詠意
境俱到 其詩云 學道莫嘆人 不識盡心 惟有鬼神知 우위언지
어구 불약체지어신 우불약진지어심 발위가영의경구도 기시
운 학도막탄인 불식진심 유유귀신지

또 이르기를 입으로 한 말이 몸으로 한 행동만 못하고, 또한 그 행동은
마음을 다한 것만 못하다고 하는 시가를 읊조리시며 뜻의 경지를 두루
드러내셨으니, 그 시에 이르기를 배움의 길에서 사람을 찬탄치 말라
심성을 다해도 알지 못한다면 귀신이라도 앎이 있으리라 하시고,

又云 禮樂同歸鄒魯域 衣冠豈摠犬羊羣 志士於斯羞 欲死有
鈒 尙未斬妖氣 此其誠實爲己
우운 예악동귀추로역 의관기총견양군 지사어사수 욕사유망
상미참요기 차기성실위기

또 이르시기를 "의관을 어찌 모두 견양의 무리처럼 고치고 예악과 함께 공맹의 땅으로 돌아갈 수 있겠냐"며 뜻 있는 선비로써 이런 부끄러움을 당하기보다는 서슬을 맞고 죽고 싶지만, 아직 요기를 물리치지 못했으니 이렇게 성실히 몸을 닦을 따름이라고 하시었다.

慷慨傷時 盡是喫緊得力中 流出絶非一時 能言之 士所可及也

강개상시 진시끽긴득력중 유출절비일시 능언지 사소가급야

때를 아파하며 비분강개하고 매우 긴요하게 얻은 힘마저 다한 중에도 공은 한 번도 무리를 떠나지 않고 말하길 가히 선비로써 할 일이라 하시었다.

至耆洪烈士之衛道殉身 柳毅菴之奮義討賊 衆所畏惻 不敢出一語者

지획홍렬사지위도순신 류의암지분의토적 중소외겁 불감출 일어자

홍열사가 도를 지키다가 순신하는 지경에 이르러서는 의암 유인석이 의분하여 적을 치자 동지들은 두려워하고 겁을 내어 감히 한마디 말을 하는 자가 없었는데,

或操文致奠 或馳書勉勵 不計傍人是非

혹조문치전 혹치서면려 불계방인시비

감암 공은 조문을 지어 조상하시고, 혹은 급히 서찰을 돌리시고 혹은 동지들을 격려하시며 주변 사람들의 시비에 개의치 않았다.

自家利病 而眷眷致意者 非止有光於吾黨

자가리병 이권권치의자 비지유광어오당

집에서 병을 돌보면서도 자신의 뜻을 동지들에게 알리는 등의 우리

당을 빛나게 하는 일을 멈추지 않으셨으며,

亦可使一時流輩愧死 不暇矣 역가사일시류배괴사 불가의
잠시 무리를 떠났던 일로 심히 부끄러워하시기에 겨를이 없었다.

公養親以孝 奉先盡禮 律身 御家 待人 接物 俱有成法於例
皆可錄
공양친이효 봉선진례 율신 어가 대인 접물 구유성법어례 개
가록
공은 효로써 어버이를 섬기고 예를 다하여 선조를 받들었으며 율신,
어가, 시인, 접물을 모두 예에 따라 기록하고 법을 정하여 행하셨으니,

其以省翁爲道義所存 而降屈年德 處以師禮 則又難 而尤難
者也
기이성옹위도의소존 이강굴년덕 처이사례 칙우난 이우난자야
그것은 성재 유중교 선생의 도의에 있는 것으로, 나이와 덕망을 떠나
공 자신을 낮추고 스승의 예로 대하니, 곧 또 어렵고도 참으로 어려운
어른이셨다.

享年七十八 卒於今上己亥 葬在忠州圓通山下 坐丙之原
향년칠십팔 졸어금상기해 장재충주원통산하 좌병지원
향년 78세 고종 36년에 졸하시어 충주 원통산 아래 언덕에 병좌로
장례를 치렀다.

尹氏系出漆原 其先自新羅太師始榮始歷 高麗至本朝 達官
聞人 譜不絶書
윤씨계출칠원 기선자신라태사시영시력 고려지본조 달관문

인 보부절서

칠원 윤씨는 그 선조 신라 태사 시영으로 부터 역사된 후손이다.
고려조에서 조선조에 이르기까지 높은 관직에 이름이 오른 자가
보적에 끊이지 않았다.

八世祖仁慶 宣廟朝以學行被選 不調 曾祖諱任天 祖諱起聃
考諱在聖 妣驪興李氏宗秀女
팔세조인경 선묘조이학행피선 부조 증조휘임천 조휘기담
고휘재성 비여흥이씨종수녀

8세조 인경은 선묘조에 학행으로 뽑혔고, (중략하고) 증조는 휘가
임천, 조는 휘가 기담, 부는 휘가 재성, 모는 여흥 이씨 종수의
따님이시다.

曰任重 曰起莘 曰揆聖 本生三冊 配忠州崔氏尙簡 先公
四十八年卒
왈임중 왈기신 왈규성 본생삼십 배충주최씨상간 선공사십
팔년졸

임중, 기신, 규성이라고 하는, 양자를 가시기 전 친족이 삼사십
명이었다. 부인은 충주 최씨 상간으로 공보다 48년 먼저 졸하셨다.

一子永斗 舉三男二女 男長正學進士 次敬學 明學 李東燁
宋錫永 二婿也
일자영두 거삼남이녀 남장정학진사 차경학 명학 이동엽 송
석영 이서야

외아들 영두가 3남 2녀를 두니, 장남 정학은 진사이고, 차남 경학
명학이며, 사위 둘은 이동엽, 송석영이다.

上舍君 將竪表墓前 問刻於余銘曰 상사군 장수표묘전 문각
어여명왈

상사군 정학이 묘 앞에 표를 세우려고 내게 묻기에 새길 글을
말하였다.

肫肫其性 嚚嚚者志 순순기성 은은자지

성실하신 그 성품 거리낌 없던 뜻이시여

喪哀祭敬 惟孝之至 상애제경 유효지지

상사를 애도하고 제례에는 공경하시며 오직 효성의 지극하심이여

生爲善士 没垂後裔 생위선사 몰수후예

살아서는 선행을 베푸신 선비요, 죽어선 후손에게 은택을 주시니

銘以刻石 永諗來世 명이각석 영심내세

돌에 새겨 기록하고 내세에 영원토록 고하노라!

正憲大夫 議政府贊政 崔益鉉 撰 慶斗秀 諺譯

정헌대부 의정부찬정 최익현 찬하다.

密陽朴公諱自興墓碣銘
(밀양박공휘자흥묘갈명)

余每讀國朝史 至觀察使朴公父子 自決衣中遺書

여매독국조사 지관찰사박공부자 자결의중유서

나는 조선 조정의 역사에서 벼슬이 관찰사에 이른 박공 부자께서
자결하시며 옷에 써서 남기신 글을 매번 읽을 때마다

心自語曰 天之生善人 不偶然竟殃孼

심자어왈 천지생선인 불우연경앙얼

하늘이 내신 선한 사람이 도리어 재앙을 당하는 것이 우연이 아니라는
말이 가슴에서 절로 나온다

其一族子姓無遺也 耶抑有之 而余未及聞知也

기일족자성무유야 야억유지 이여미급문지야

그 일족 자손의 성을 남김없이 그렇게 억압하는 것을 나는 들어 알지
못한다

耶朴寢郞應天 卽公九世孫 야박침랑응천 즉공구세손

박참봉 응천은 공의 9세손이요

而奉化郡明湖面刀川里鷰峴山 亥坐之原 實公之幽宅也

이봉화군명호면도천리연 현산 해좌지원 실공지유택야

봉화군 명호면 도천리 연현산에 해좌로 봉분을 모시니 진실로 공의 유택이다

余爲之愀然曰甚矣 余之寡陋 而寢郎君之善韜晦 而安谿谷也
여위지초연왈심의 여지과루 이침랑군지선도회 이안계곡야

나는 그것을 보고 정색하며 심하다고 말했다 내가 과루하여 침랑군의 깊은 뜻을 헤아리지 못하는 것인지 봉분이 어찌 계곡이란 말인가!

一日寢郎君 謗余於古魯滾谷 責以顯刻之辭
일일침랑군 방여어고노심곡 책이현각지사

하루는 침랑군께서 고노실 심곡에 관하여 나를 나무라며 비문에 새겨진 말씀으로 질책을 하였지만

余雖病廢不文平生傷感 寔功固不敢例辭
여수병폐부문평생상감 식공고부감례사

내 병폐가 불문함이라 평생 아픔이거늘 참으로 이루어 놓은 것이 고루함에도 감히 묘갈명 소임을 물리치지 못했다

況公之曾祖 度支卿灌園公 觀察嶺南首 先襃啓
황공지증조 탁지경관원공 관찰영남수 선포계

하물며 공의 증조는 탁지경 관원공(朴啓賢)이시니 경상도관찰사로 재임시 나의 선조 권벌(權橃)의 신원을 계청하셨고

我先君忠定公揆以世契 尤不敢終辭謹按
아선군충정공규이세계 우부감종사근안

나의 선친 충정공 규께서는 계를 맺고 교우하셨으니 감히 묘갈명을 끝내 고사할 수 없었다

公諱自興 字仁吉 氏密陽 領議政 密昌府院君 承宗 其皇考也

공휘자흥 자인길 씨밀양 영의정 밀창부원군 승종 기황고야

공의 휘는 자흥이요 자는 인길 밀양 박씨이다. 영의정 밀창부원군
승종이 공의 부친이시고

知敦寧府事 安世 其祖考也 太宰文景公 忠元 其高祖也

지돈녕부사 안세 기조고야 태재문경공 충원 기고조야

지돈녕부사 안세가 공의 조부시며 태재 문경공 충원이 공의 고조시다

郡守淸風 金士元 其外祖也 廣昌府院君 爾瞻 其妻父也

군수청풍 김사원 기외조야 광창부원군 이첨 기처부야

청풍군수 김사원이 공의 외조시며 광창부원군 이이첨은 공의 장인이다

有一男一女 男見仁 女爲世子嬪

유일남일녀 남견인 녀위세자빈

1남 1녀를 두셨으니 아들은 견인이고 여식는 세자빈이 되었다

當時姻連宮禁 內外富貴之盛赫然 可畏故綦之者愈甚 而受
禍宗寃

당시인련궁금 내외부귀지성혁연 가외고기지자유심 이수화
포원

당시 궁궐과의 혼인으로 내외로 부귀가 성하고 빛났으며 그것이
갈수록 더욱 성해지니 재앙과 누명을 두려워해야 했다

當癸亥兵起之日 公見任京畿觀察傳令 水原坡州 兩防禦 發兵

당계해병기지일 공견임경기관찰전령 수원파주 양방어 발병

계해년 군사를 일으키는 날을 당하여 공은 경기관찰사로 수원 파주 두
곳의 방어군에게 출병하라는 전령을 내렸으나

勤王聞 憲文王反正之報 皆罷 先相國 卽日自死 弟自凝自安
幷付處

근왕문 헌문왕반정지보 개파 선상국 즉일자사 제자응자안
병부처

근왕병에게 인조반정에 대하여 보고를 듣고 모두 다 포기하고 그날
영의정이신 부친에 앞서 자결했고 아우 자응은 유배형을 받고
구금되어 있었으며

嬪夫人在棘圍中 以剪刀堀地十晝夜 推出世子於籬外 升木
以觀之 見其被執於守卒 卽墜死

빈부인재극위중 이전도굴지십주야 추출세자어리외 승목이
관지 견기피집어수졸 즉추사

세자빈은 가시나무로 둘린 울에 갇혀 있던 중에 가위로 열흘 밤낮
땅굴을 파서 세자가 울타리 밖으로 나가는 것을 나무 위에 올라가
지켜보다가 세자가 수졸에게 잡히는 걸 보고 곧 나무에서 낙상하여
졸하시었다

見仁與母夫人 亡命奔竄於大嶺南 寂寞之境居焉

견인여모부인 망명분찬어대령남 적막지경거언

아들 견인과 모부인은 큰 고개 남쪽 적막한 곳에 망명하여 숨어 살다가

遂自公州之斗萬山 躬奉公衣履 而千里移窆于花 卽今乾明
洞之南一里許也

수자공주지두만산 궁봉공의리 이천리이폄우화 즉금건명동

지남일리허야

마침내 공주의 두만산에서 몸소 공의 옷과 신을 묻고 천리를 옮겨 화에 장사하니 곧 지금의 건명동 남쪽 1리쯤이다

見仁生昌道 昌道生宗漢 宗漢生進煥 進煥生載杰 載杰生重鎭 重鎭生準喜 準鶴 準貴

견인생창도 창도생종한 종한생진환 진환생재걸 재걸생중진 중진생준희 준학 준귀

견인은 창도를 낳고 창도가 종한을 낳고 종한이 진환을 낳고 진환은 재걸을 낳고 재걸이 중진을 낳고 중진은 준희 준학 준귀를 낳았다

準貴無嗣 取準鶴男來淵子之應天 其長子也

준귀무사 취준학남래연자지응천 기장자야

준귀는 무후하여 준학의 차남 내연의 아들 응천이 그 장손이다

公生宣庙 辛巳 距畢命之年 爲三十三立朝歷官 行事無所 攷徵史曰

공생선묘 신사 거필명지년 위삼십삼립조력관 행사무소 고징사왈

공은 선조 신사년에 태어나시어 거필명지년 33세에 벼슬에 올라 여러 관직을 역임하시고 임지가 마땅치 않음에 고징사가 가로대

公廢主 庚戌 擢文科 以臺啓旋削旋復 乙卯 以弘文應敎伸救 李相國元翼 南參判以恭

공폐주 경술 탁문과 이대계선삭선부 이홍문응교신구 이상국원익 남참판이공

공은 광해군 경술년 문과에 발탁되어 사간원 계목을 추복삭파하였고
을묘년 홍문관 응교로써 정승 이원익 참판 남이공의 누명을 벗겨
신원하였으며

丁巳以刑曹參判 不參 韓孝純等 廷淸至於文章 只有挽金將
軍應河 一首載在忠烈錄

정사이형조참판 불참 한효순등 정청지어문장 지유만금장군
응하 일수재충렬록

정사년에는 형조참판으로써 한효순 등이 불참했음에도 정청과 문장에
이르기까지 김응하 장군 만사를 홀로 지어 충렬록에 실었다고 하니

當時文苑巨公 如李芝峯 李月沙 申玄軒 諸先輩無不嘖

당시문원거공 여이지봉 이월사 신현헌 제선배무부책

당시 문단에서 이름 높던 이지봉 이월사 신현헌 같은 선배들이
이구동성으로 칭송하지 않는 자가 없었다

嘖稱賞公之平生槩可想已 책칭상공지평생개가상이

그렇게 모두가 공의 평생 삶을 대개 칭상하였음을 가히 상상할 수 있을
것이다

嗚呼 新主改物伊日之攀鱗附翼 爲公爲卿 富貴赫世 以持
三百年 國柄者

오호 신주개물이일지반린부익 위공위경 부귀혁세 이지삼백
년 국병자

아! 인조가 문물 제도를 바꾸던 그날 임금에게 붙어 고위관작을 얻고
삼백년간 대대로 부귀를 보전하며 조정의 권력을 잡은 자들이

諸皆是舊主 北面之臣 視諸公父子之反躬 自責沈淵自死 以
謝天地神祇者

제개시구주 북면지신 시제공부자지반궁 자책심연자사 이사
천지신기자

모두 다 광해군을 따르던 신하였거늘 무릇 박공부자를 보고 자신을
돌아볼지니 심연은 자책하여 천신지기에 사례하고 자결했던 것이다

誰死誰生 誰得誰失 誰貴誰賤 誰榮誰辱無住 수사수생 수득
수실 수귀수천 수영수욕무주

누가 죽고 누가 살 것인지 누가 얻고 누가 잃을 것인지 누가 귀하고
누가 천한지 누가 영광되고 누가 욕될지 항상함이 없나니

洪公鎬時在諫院 上疏請褒 公父子 憲文王大怒 命罷黜玉堂
홍공호시재간원 상소청포 공부자 헌문왕대노 명파출옥당

홍호 공께서 사간원 재임시에 박공부자 표창을 청하는 상소를 올리자
인조가 대노하여 대사간직을 삭탈하고 홍문관에서 쫓아내라 명했다고
하니

趙翼以敢言伸 洪公此可見公議之 不待百年也
조익이감언신 홍공차가견공의지 부대백년야

정승 조익이 감히 진술하길 홍공의 이런 공정한 의견을 백년을
기다리지 않고도 가히 보았노라! 하였다

銘曰 명왈

묘비에 새길 글을 말하노라

靑春折桂 翰苑烏府 相國子 東宮之舅

청춘절계 한원오부 상국자 동궁지구

젊은 날 과거에 급제하고 한림원 사헌부에 몸담았으니 정승의
아들이요 세자의 장인이라!

主辱臣死 相國之節 夫危妻殉 貴嬪之烈
주욕신사 상국지절 부위처순 귀빈지렬

임금께서 욕을 당하심에 신하로서 자결한 정승의 절개여 지아비가
위태하니 부인으로서 따라 죽은 세자빈의 장렬함이여!

公不愧 子亦不愧 父一家三仁 炳炳寰宇
공불괴 자역불괴 가삼인 병병환우

공께서 부끄러움이 없으셨음에 아들 또한 부끄러움이 없었나니 아버지
한가족 세분의 어진이 빛나는 강토여!

覆盆百年 忠邪誰別 一坏荒原 遺裔泣血
복분백년 충사수별 일배황원 유예읍혈

억울한 누명 백년에 충정과 삿됨을 누가 분별하랴! 한줌의 거친 들판에
남겨진 후손들 피를 토하며 슬피 우는데

銘誰拙陋 義則霜日 명수졸루 의칙상일

누가 졸렬하고 비루한 명을 지었는가? 공의 의로움 가을날 해와
같거늘!

己酉十月(1909년) 永嘉後人 權頊淵 撰

영가(안동)후인 권욱연 찬

清州后人 慶斗秀 諺譯

청주후인 경두수 언역

屛溪先生集卷之五十九

行狀 (병계선생집권지오십구 행장)

병계 윤봉구 선생 문집 59권 행장편

景默李公蓍聖 行狀(경묵공 이시성 행장)

公諱蓍聖 字季通 號景默(공휘시성 자계통 호경묵)

공의 휘는 시성이요, 자는 계통, 호는 경묵이시다.

系出璿源 我中宗大王第五子 德陽君岐之六代孫 高祖龜川
君 謚忠肅公諱晬 曾祖蓬山君 諱炯信 祖司果諱塾 考執義
諱箕洪 學者稱直齋先生 妣潘南朴氏 司諫號冶川紹五代孫
通德郎世壎之女(계출선원 아중종대왕제오자 덕양군기지6
대손 고조구천군 시충숙공휘수 증조봉산군 휘형신 조사과
휘숙 고집의 휘기홍 학자칭직재선생 비반남박씨 사간호야
천소오대손 통덕랑세훈지녀)

왕실에서 탄생하신 조선조 중종대왕의 다섯째 왕자 덕양군 기(岐)의
6대손으로 시호가 충숙공이신 구천군 휘 수(晬)가 고조이시다. 증조는
봉산군 휘 형신이며, 조부는 사과 휘 숙塾, 부친은 집의 휘 기홍으로
학자들이 직재 선생이라 칭하였다. 모친은 반남 박씨로 사헌을 지낸
야천 박소의 5대손 통덕랑 세훈의 따님이시다.

公以崇禎後庚申正月初七日丁酉 生于加平之泉谷 卽先生
中歲考槃之地也(공이숭정후경신정월초칠일정유 생우가평
지천곡 즉선생중세고반지지야)

공은 숭정후 경신(1680년) 정월 초칠일 가평의 천곡에서 태어나 젊은
시절을 그곳에서 보내셨다.

公孝友天性 自幼穉已知愛親敬長之節(공효우천성 자유치
이지애친경장지절)

공의 효도와 형제간 우애는 하늘이 주신 품성이었으니 어려서부터
애친경장의 예절을 알았다.

七八歲 朴淑人有疾 欲嘗鯽魚 時凍寒 公剖堅氷 得二鯽進之
其誠孝如此 聞者異之(칠팔세 박숙인유질 욕상즉어 시동한
공부견빙 득이즉진지 기성효여차 문자이지)

칠팔세에 모친께서 병환에 드셨을 때, 붕어를 맛보고 싶어하심에, 공은
엄동설한에 두꺼운 얼음을 깨고 붕어 두 마리를 잡아 모친께 드리니,
그 참된 효성이 이와 같음에 그 이야기를 들은 사람들이 경이롭다
하였다.

及入學 不待督課 自能劬書 文理日將 讀書至古人學問節義
處 必三復而興感焉 其志之所存 已可知 先生每嘉賞之(급입
학 부대독과 자능구서 문리일장 독서지고인학문절의처 필
삼복이흥감언 기지지소존 이가지 선생매가상지)

배움에 들어서는 가르쳐줄 때까지 기다리지 않고 스스로 먼저
부지런히 힘써 익히시니 문리가 일취월장하였다. 글을 읽다가 고인의
학문 절의처에 이르면, 반드시 신이 나서 세 번을 거듭 읽어 그 뜻하는
바를 알아내고야 말았으니 선생께서 가상하다 칭찬하셨다.

已巳禍作 先生謫北塞 公年甫十歲 伯仲諸兄往來謫中 公獨
奉朴淑人 左右周旋時以爲慰 無異老成 親戚見者 莫不嘖嘖
稱之(이사화작 선생적북새 공년재십세 백중제형왕래적중
공독봉박숙인 좌우주선시이위위 무이노성 친척견자 막불책
책칭지)

기사환국의 참화가 일어나 직재 선생께서 북쪽 변방으로 유배되실
때, 공의 춘추가 겨우 10세였다. 맏형과 둘째 형 등은 모두 부친
뒷바라지로 적소를 오가는 동안, 공께서 홀로 모친 곁을 돌보시고
때로 의젓하게 위로하시니, 친척들이 보고 크게 칭찬하지 않는 사람이
없었다.

庚辰 往拜寒水權先生於黃江 授小學 心經 近思錄等書 仍服
事甚勤(경진 왕배한수권선생어황강 수소학 심경 근사록등
서 잉복사심근)

경진년 황강 한수재의 권상하 선생을 찾아뵙고 소학 심경 근사록 등의
가르침을 주심에, 따르고 섬기며 부지런히 익혔다.

直翁晚年卜居于延豊之文山 去黃江莽蒼 公入而承詩禮之
訓 出而有傳習之效 父兄師友之間 相期與者重矣(직옹만년
복거우연풍지문산 거황강망창 공입이승시례지훈 출이유전
습지효 부형사우지간 상기여자중의)

직재 선생께서 만년에 연풍의 문산에 살 곳을 마련하시니, 황강 근교로
가서 부친인 직재 선생의 가르침을 받았다.

壬午 朴淑人沒 哭泣饋奠 盡誠盡禮 戊子 直翁又棄後學 公
隨伯氏縣監公 守制于京第 戚易兩備 一如前喪 制除(임오

박숙인몰 곡읍궤전 진성진례 무자 직옹우기후학 공수백씨 현감공 수제우경제 척이양비 일여전상 제제)

임오년에 모친께서 졸하시니 곡을 하며, 성과 예를 다하여 상례를 모셨고, 무자년 직재 선생께서 별세하시니, 공께서는 현감인 맏형을 따라 서울 집에서 수제하였다. 양친의 애사에 간소하면서도 예를 다하여 모시었다.

公歎曰 今雖得科名 將誰爲榮 遂廢擧業 專用力於爲己之學 (공탄왈 금수득과명 장수위영 수폐거업 전용력어위기지학)

공께서 탄식하며, 이제 비록 과거에 급제하여 방목에 이름을 올린다 한들 장차 누구를 위한 영예인가 하시고 마침내 과거를 포기하고 오로지 자신의 수양을 위한 공부에만 힘을 쓰셨다.

經義疑難 禮節更變 輒就正於權先生 而時從艮菴李公 講質 論辨 或以書往復焉(경의의난 예절갱변 첩취정어권선생 이 시종간암이공 강질논변 혹이서왕복언)

경서의 뜻이 의심스럽고 예절이 또 변함에, 문득 몸을 바로하고 권선생을 찾아뵈었으며, 때로는 간암 이공을 좇아 강질논변하였고, 혹은 글을 주고 받았다.

後又歸依於文山之弊廬 以爲收拾先公之緒業 且便江門之 往來也(후우귀의어문산지폐려 이위수습선공지서업 차편강 문지왕래야)

후에 다시 문산의 집으로 돌아가 부친이신 직재 선생께서 펼쳐놓으신 일을 수습하고, 또 한편으론 강문을 왕래하였다.

所居構數楹屋 爲書室 而問名於丈巖鄭公澔 鄭公以景默名

其堂 又書數行而識之(소거구수영옥 위서실 이문명어장암
정공호 정공이경묵명기당 우서수행이지지)

살던 집에 몇개의 기둥을 얽어 서실로 삼고, 장암 정호 공에게 서실의
이름을 부탁하자, 정공은 당호를 경묵이라 하고 그 의미를 몇 줄의
글로 기록했으니,

蓋謂蔡九峯仲默以西山之子 師晦翁夫子 能成就其學 以公
之得父師之敎而冀其追軌於九峯也(개위채구봉중묵이서산
지자 사회옹부자 능성취기학 이공지득부사지교이기기추궤
어구봉야)

대략 송나라 채구봉은 자가 중묵이고 서산(채원정)의 아들로써, 회암
주희 선생을 스승으로 모시고 능히 그 학문을 이루었으니, 공께서도
직재 선생의 가르침과 중묵의 궤적을 쫓아 학문을 이루길 바란다는
의미이다.

丈巖公斯文長老 而其期待之意如彼(장암공사문장로 이기
기대지의여피)

장암 공은 송강 정철의 4대손으로 영조 때 영의정을 지낸 노론의
장로인데, 공에 대한 기대의 뜻이 저와 같았던 것이다.

辛丑權先生喪 加麻三月 三月之內 不出入(신축권선생상 가
마삼월 삼월지내 불출입)

신축년 권상하 선생께서 졸하시니, 석달 동안 상복을 입고
두문불출하였다.

居外食素 以盡心制 曰 以我師生情禮言之 非不知三月之太
促 而師服不係月數多寡(거외식소 이진심제 왈 이아사생정

예언지 비부지삼월지태촉 이사복불계월수다과)

밖에서는 식사도 절제하며 마음을 다하여 상중에 말하길, 내 스승의
생을 정과 예로써 말한다면, 석달이라는 기간이 대단히 촉박함을
모르는 바가 아니지만, 스승을 위해 상복을 입음이 날짜의 많고 적음과
관계없다.

居服必心喪 若如尋常期功之服其服而已 則非服師之義也
(거복필심상 약여심상기공지복기복이이 즉비복사지의야)

상복을 입으면 반드시 마음으로 상례를 치러야지, 만약 예사로 기복과
공복이라는 상복을 입을 따름이라면 그것은 스승에 대한 의리가 아닌
것이다.

吾早衰多病 自量筋力誠難久持 心喪今夜父母緬服三月 略
存三年之禮云(오조쇠다병 자량근력성난구지 심상금야부모
면복삼월 약존삼년지례운)

나는 어릴적부터 쇠약하고 병이 많아 스스로 오래 견딜 기력이 없음을
알기에, 마음속으로 오늘 밤도 부모님 무덤을 좋은 곳으로 옮겨
모시면서, 석달이지만 삼년상을 치르듯이 예를 다했다 이르노라.

癸卯冬 致雲請削權先生官爵 誣辱上及尤翁(계묘동 치운청
삭권선생관작 무욕상급우옹)

계묘년 겨울 신치운이 권선생의 관작삭탈을 임금께 청하니, 그 무고의
욕됨이 위로 우암 선생께 미치었다

同門諸人疏暴其誣 推公爲之首 方禍色熖熖 公不懾不撓 毅
然當之(동문제인소포기무 추공위지수 방화색염염 공불섭불
요 의연당지)

동문의 모든 사람이 함께 그 무욕의 포악함에 상소하고 공을 우두머리로 추천하니, 바야흐로 공에게 미칠 재앙의 빌미가 불꽃처럼 일었지만, 공께서는 두려워하지도 흔들리지도 않으시고 굳세게 그 소임을 담당하시었다.

雖群宵擁蔽 疏終不得上 而士論皆韙公(수군소옹폐 소종부 득상 이사론개위공)

비록 무리가 막고 덮어 끝내 상소문이 임금께 전달되진 않았지만, 선비들 사이 의견은 모두 공이 옳다 하였다.

自此公益知世道蔑貞 抱經深居 將終老計 而尤喜朱子書 以 爲究竟法(자차공익지세도멸정 포경심거 장종노계 이우희 주자서 이위구경법)

이로부터 공께서는 세상의 도가 곧음을 업신여기고 있음을 잘 알게 되었으니, 마침내 노후를 대비하고 법성을 깨닫기 위해 더욱 주자의 가르침을 가까이하셨다.

公嘗日 周鼎東遷 孔子生 宋室南渡 朱子出 今我尤菴先生又 値丙子之後 其時勢之不幸(공상왈 주정동천 공자생 송실남 도 주자출 금아우암선생우치병자지후 기시세지불행)

공께서 깨닫고 이르시길 주나라가 동쪽으로 천도한 뒤 공자께서 탄생하셨고, 송나라 조정을 남쪽으로 옮긴 후 주자께서 출하셨으니, 오늘날 우리 우암 선생 또한 병자호란 발발하고 존재 가치가 드러났지만 당시 형세가 불우했다.

相類於前後 尊攘復雪 爲三聖賢一大義理 世人徒知尤翁之 學傳自孔子 而不知一部春秋 自孔子而至朱子 自朱子而至

尤翁也 豈不可嘅也(상류어전후 존양복설 위삼성현일대의
리 세인도지우옹지학전자공자 이부지일부춘추 자공자이지
주자 자주자이지우옹야 기불가개야)

전후가 서로 같으니 존왕양이와 복수설치가 세 분 성현을 위한 큰
의리인데, 세상 사람들은 우암 선생의ㄴ 학문이 공자로부터 전해진
것임을 알면서도, 일부 춘추가 공자로부터 주자에게 전해지고
주자로부터 우암에게 전해졌음은 알지 못하니 어찌 개탄하지
않겠는가!

吾先子甲申一疏 實影此義 而吾師門追成二帝祠者(오선자
갑신일소 실영차의 이오사문추성이제사자)

나의 스승이신 권상하 선생께서 갑신년(1704)에 한장의 소를 올려
이러한 뜻에 따라 화양서원에 우암 선생의 진상을 봉안하였으며,
우리 스승의 문하에서 우암의 유지를 받들어 만동묘를 세우고 명나라
신종과 의종의 제를 올렸다.

皆莫非述尤翁之志 必欲使春秋大義毋墜於地也(개막비술우
옹지지 필욕사춘추대의무추어지야)

모든 것이 우암 선생의 유지가 아님이 없었으니, 춘추대의가 땅에
떨어지지 않도록 하려는 것이었다.

諺譯 慶斗秀

작
품
활
동

正論直筆

丁酉盛夏三多印恭賀
槐山寬勳俱樂部創立
麟山庚斗秀

嘉言懿行

壽富滿堂

壬承堂姜壽龍夫婦
藥谷閭增里以居福祝之書
丙戌佳代 麟山農坪書

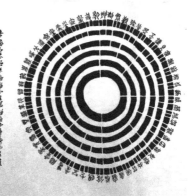

瑞氣滿堂

立春日早靄起枕邊
仰天北斗柄向南發
祥光照臨老見之光景
以感如誠者延也
乃定瑞氣欽令與之非
為堂迎丙午鐘呈書狗書

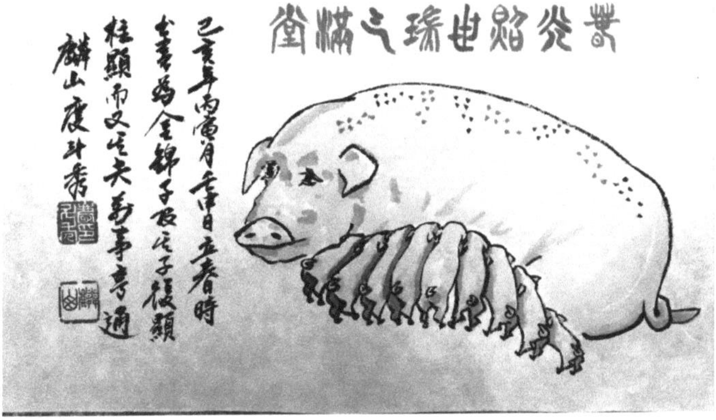

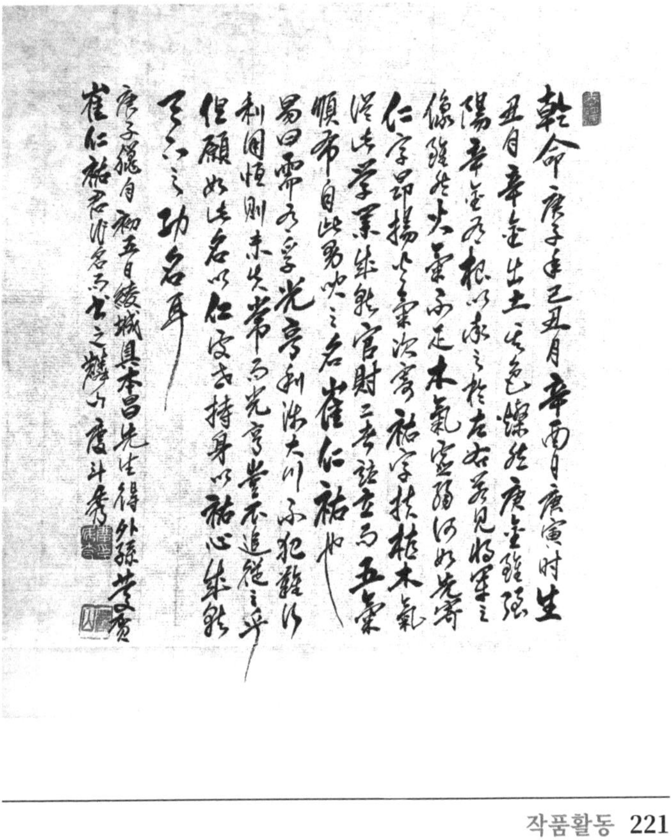

麟山拙吟

초판 1쇄 발행 2023년 10월 1일

지은이 경두수
펴낸이 변성진
편집 · 디자인 홍성주
펴낸곳 도서출판 위
주소 경기도 파주시 광인사길 115
전화 031-955-5117

ISBN 979-11-86861-28-8 03820